Unter Eulen

Unter Eulen

Erzählung

Sandra Altmann

© 2022 Sandra Altmann

Fotografien von: Ilker Ergun (https://www.istockphoto.com)
Coverdesign von: Julia Dest (just-publish.com)
Lektorat: Claudia und Kilian Fischer (Lektorat Wortfischerei)

Buchsatz von tredition, erstellt mit dem tredition Designer

ISBN Softcover: 978-3-347-65744-1
ISBN E-Book: 978-3-347-65746-5
ISBN Großschrift: 978-3-347-65747-2

Druck und Distribution im Auftrag des Autors:
tredition GmbH, Halenreie 40-44, 22359 Hamburg, Germany

Herr Hellas ist keine Romanfigur. Sein Leben interessiert nicht, von seinem Studium will niemand etwas wissen. Herr Hellas ist anders. Er unterhält sich mit Senatoren in Toga, die in all seinen Gedanken sind. Nennen Sie ihn ein Genie, aber sich schuldig zu machen an einem willenlosen Mädchen, das hätte nicht sein dürfen!

Teil 1 - Die Gelehrtenkomödie

Auf den Beginn des Wintersemesters hat Herr Hellas sich gefreut. Ein Oberseminar wird stattfinden. Und obwohl das Thema `Eros´ Herrn Hellas erst einmal befremdete, hatte er sich dennoch dafür angemeldet, schließlich war sein Doktorvater Leiter dieser Veranstaltung, also musste er sich beweisen. Hier kann Herr Hellas auf sich aufmerksam machen. Hier will er wissenschaftlich in Erscheinung treten, hier wird er von sich reden machen und beeindrucken, welch geistige Sprünge ein Dreißigjähriger zu unternehmen versteht. Doch zuerst heißt es sich vorzubereiten. Es gilt, sich mit der Materie vertraut zu machen, um nach den einzelnen Referaten die intelligentesten Fragen stellen zu können. Tage und Wochen hat Herr Hellas damit zugebracht, die einschlägige Literatur zu sichten. Tage und Wochen hat Herr Hellas die Bibliothek nur verlassen, um zu essen oder sich schlafen zu legen. Tage und Wochen hat er abends sogar auf die kleinen Pornofilme verzichtet, die er so gerne auf Türkisch oder Bulgarisch ansieht. Herr Hellas weiß: nach diesem Oberseminar werden seine Kommilitonen seinen Namen kennen und nicht mehr vergessen, sein Doktorvater wird stolz auf ihn sein müssen.

Auf dem Weg zum Seminarraum begegnet ihm Frau Fröhlich, auch sie ist Doktorandin der Latinistik. Doch weitere Gemeinsamkeiten konnte Herr Hellas nie zwischen sich und dieser vulgären Person entdecken, die in der Mensa ordinäre Possen reißt, dem Alkohol zuspricht und ihre Homosexualität in die Welt posaunt, als interessiere sich irgendjemand dafür, wohin sie ihre Zunge steckt. Man hat sich auf ein gegenseitiges Ignorieren verständigt, zu groß scheinen die Unterschiede, doch heute spricht sie mit Herrn Hellas – eine seltsame Sache. Dass sie Gefallen daran findet, ihn zu beschämen, war Herrn Hellas schon aufgefallen. Immer versucht sie das Gespräch auf ein Thema zu lenken, das ihm die Schamesröte ins Gesicht treibt. Und wenn er ins Straucheln kommt, lächelt sie wie jemand, der einen wichtigen Sieg davongetragen hat. Ob er sich mit dem Eingeschlechtermodell beschäftigt habe, fragt sie ihn heute, ohne auf seine

Antwort zu warten. Sie finde es hochinteressant, dass Galenos die Genitalien von Mann und Frau als äquivalent ansehe. Nur auf Grund der unterschiedlichen Körpertemperatur sei die Vagina der Frau nach innen gestülpt, während sich Hoden und Penis des Mannes außen befänden. Verblüfft habe sie auch die Aussage von Aristoteles, dass nicht vollzogener gegengeschlechtlicher Sexualverkehr bei Frauen als krankheitserregend gelte. Da müsse man als Frau eben sehr auf die eigene Gesundheit achten, lacht sie und verschwindet im Gedränge.

Pünktlich findet sich Herr Hellas – in einen grauen Anzug gesteckt - im angegebenen Seminarraum der geisteswissenschaftlichen Fakultät ein, bescheiden wählt er einen Randplatz in der dritten Reihe, um sich nicht in den Vordergrund zu drängen. Der Stuhl neben Herrn Hellas wird frei bleiben, seit seinem ersten Semester bleiben die Plätze neben ihm unbesetzt, mag die Veranstaltung auch noch so überfüllt sein. An diesem kalten Februarmorgen nun heißt sein Doktorvater die anwesenden Studenten willkommen, erklärt, dass er sich auf das Seminar freue. Es verspreche ein elitärer Kreis zu werden, schließlich hätten sich nur Doktoranden angemeldet. Dann gibt er das Wort weiter an den ersten Referenten. Der spricht über Orpheus´ Verhältnis zum Weiblichen. Unabhängig davon, was der Kommilitone erzählen wird, hat sich Herr Hellas vorgenommen, sich nach der tragischen Schuld im Orpheusmythos zu erkundigen, schließlich liegt der Vorteil jeder wissenschaftlichen Diskussion darin, vorher überlegte Fragen zu stellen, um dadurch ausufernd sein eigenes Wissen mitzuteilen. Konzentriert, seine dicken Beine elegant verschränkt lauscht Herr Hellas den Worten des Studenten, nickt bisweilen, um sein Interesse zu bezeugen.

Doch den ganzen Vormittag über hatte Herr Hellas in der Magengegend ein flaues Gefühl, das er aber durch die Gedanken an sein glänzendes Auftreten zu verdrängen versuchte. Konsul Volusius in Herrn Hellas´ Kopf hatte ihn schon beim Aufstehen gemahnt, die Öffentlichkeit heute zu meiden, die Vorzeichen sprächen nichts Gutes, und Seneca hatte beim Frühstück noch daran erinnert, Herr Hellas

solle seine Gesundheit nicht sträflich vernach-
lässigen. Doch wie ein Caesar alle Prophezeiun-
gen in den Wind schlug, hatte sich Herr Hellas
einfach in den Sitzungssaal begeben und seinen
Schwindel schlichtweg hinuntergeschluckt. Als
Herr Hellas schon bei den einleitenden Worten
des ersten Referenten erneut ein Gefühl der
Ohnmacht übermannt, schlingt er seine
klobigen Herkulesarme noch ein wenig enger
um seinen mächtigen Bauch und ermuntert sich
selbst, keine körperliche Schwäche zu zeigen.
Der Doktorand erläutert Orpheus´ Abstieg in
die Unterwelt, da durchfährt Herrn Hellas ein
Schmerz, der vom Bauch zum Kopf aufsteigt.
Herr Hellas hört ein Hämmern, begleitet von
lauten Sirenen. Er fühlt, nicht mehr Herr über
die Situation zu sein, sein schwerfälliger
Oberkörper fällt vornüber und ruht auf seinen
Beinen. Nur mit Mühe ist er noch in der Lage
sein eigenes Gewicht zu halten. Er atmet tief
und laut. Mit einer gleichmäßigen Atmung
meint er, das Steuer noch einmal herumreißen
zu können. Doch es hilft nicht. Er sinkt wie ein
ungezogenes Kind vom Stuhl. Fragmentarisch
kann Herr Hellas sich an den Ablauf des

Folgenden erinnern: Der Referent weiß nicht, wie er sich verhalten soll. Sein Blick wandert zwischen seinen Unterlagen, Herrn Hellas und seinem Doktorvater hin und her. Er versucht für kurze Zeit seinen Vortrag fortzusetzen, doch haben die ersten beiden Reihen bereits ihre Aufmerksamkeit dem am Boden liegenden Hellas zugewandt. Einige sind schon aufgestanden in der Meinung, dem Doktoranden helfen zu müssen. Der Referent legt seine Aufzeichnungen aus der Hand, Herrn Hellas´ Doktorvater bittet das Auditorium Ruhe zu bewahren. Ein Großteil der Kommilitonen hat die Plätze nun verlassen und sich kreisförmig um Herrn Hellas gruppiert, der zitternd und keuchend am Boden liegt. Seine Zunge hängt über die Lippen und berührt den staubigen Boden. Herr Hellas möchte seine Zunge in den Mund zurückziehen, doch es gelingt ihm nicht, sie hängt im rechten Mundwinkel wie der Rüssel eines Insekts. Herr Hellas möchte schweigen, doch seine Kehle gibt Töne von sich, die niemand versteht, nicht einmal er selbst, Speichel tropft, die Augen starren ins Leere. Unaufhörlich zuckt Herrn Hellas´ rechtes

Bein und schlägt gegen einen Stuhl, ein seltsamer Rhythmus entsteht, zu dem der Doktorand gleichzeitig mit dem Kopf wippt.

Alles Weitere entzieht sich der Erinnerung des Doktoranden. Gegen zehn Uhr muss Herr Hellas ins angrenzende Klinikum eingeliefert worden sein, erst hier setzt seine Erinnerung wieder ein.

Von den Diagnosen und Ratschlägen der Ärzte will Herr Hellas nichts wissen, er verlangt nach seinen Büchern und seiner Brille, die irgendwo auf dem Boden des Seminarraumes liegen muss. Außerdem fordert er, die Klinik sofort verlassen zu dürfen. Er möchte keine Medikamente, keine Therapie und auch auf Krankenruhe könne er verzichten. Als bedauerlich empfindet Herr Hellas weniger seinen physischen Zustand als mehr die Tatsache, dass er seine über Monate geplante Frage im Anschluss an den Vortrag seines Kommilitonen nicht stellen kann. Dennoch hat man Herrn Hellas einige Wochen zur Beobachtung, wie die Ärzte so gerne sagen, im Krankenhaus zurückbehalten, alle geistige Arbeit hat man ihm untersagt, demnach durfte

Herr Hellas nicht einmal lesen. Die im Seminar-zimmer verlorene Brille nahm Herrn Hellas´ Mutter in Verwahrung, da sich kein Kommilitone finden wollte, der den Doktoranden aus freien Stücken besucht hätte. Erst Ende Februar darf Herr Hellas kleine Spa-ziergänge im Innenhof der Klinik unternehmen. Vom Gerede an der Universität muss Herr Hellas, wollen wir sagen, Gott sei Dank, nicht viel erfahren. Wie auch immer. Der Doktorand konzentriert sich auf die Hoffnung, das Krankenhaus bald verlassen zu können. Mag man über ihn tuscheln. Er würde seine Studien wieder aufnehmen. Er würde vormittags lesen, in der Mensa zu Mittag essen, er würde am Nachmittag eine schöne Vorlesung besuchen und am Abend einen bulgarischen Film ansehen. Das Leben wird weitergehen.

Beim Entlassungsgespräch erkundigt sich die Ärztin noch einmal, was Herrn Hellas denn belaste, und hier sieht der Doktorand die Möglichkeit, seinen Sorgen Platz zu machen: Die Welt sei ungerecht, erläutert Herr Hellas, daran leide er, denn die Welt teile das Glück nicht auf nach Leistung und nach Forschung, der Dumme werde belohnt, der Dumme nur sei glücklich, der Dumme liebe, lebe und heirate. Doch er, Hellas, sei nicht dumm, im Gegenteil, er sei genial, ein gebildeter Mensch und damit zum Unglücklichsein verdammt. Er werde Professor der Latinistik werden und besitze alle Qualifikationen, sein Werdegang suche Seinesgleichen, so schwärmt er: Einschulung mit fünf, Abitur und erstes Staatsexamen mit Bestnote, erste Veröffentlichungen in renommierten Fachzeitschriften. Ein Doktorvater sei gefunden. Und von seinem vorgezeichneten Weg sei er in keiner Sekunde seines Daseins abgewichen. Er habe sich niemals auf dem Schulhof geprügelt, das habe die Mutter ihm auch deutlich verboten, vielleicht schlagen lassen, ja, aber ein Täter sei er nie gewesen, so spricht er. Was er verschweigt, sind die Senatoren in seinem Kopf. Meistens loben sie ihn, weil er es weit gebracht habe und in seinem Fachbereich geradezu ein Genie sei. Einzelne Senatoren lenken ihn aber auch von seiner Arbeit ab. Tigellinus ist so ein Verführer, der immer wieder von Sex spricht und von Lustgewinn und der die stummen Hallen der

Bibliothek geradezu besudelt mit seinen Bei-
schlafphantasien. Dieser Tigellinus ermutigt
Herrn Hellas bald täglich, sich bei jedem
Mädchen, dem er zufällig begegnet, zu
überlegen, ob er mit ihr sein erstes Mal erleben
möchte. Doch davon kein Wort zu seiner
Ärztin, nichts von Tigellinus und nichts von all
den anderen Herren in weißer Toga. Was gehen
die Ärztin Herrn Hellas´ Gedanken an? Doch
weil die Medizinerin Herrn Hellas mit etwas
schiefem Blick ansieht und wissen möchte, ob
er Freunde habe oder eine Lebensgefährtin,
bekräftigt der angehende Professor: Er könne
sich schon vorstellen, sich einmal zu verlieben.
Aber man dürfe dabei nicht seine Ziele außer
Acht lassen. Darunter versteht Herr Hellas
seine universitäre Laufbahn. Die Ärztin kneift
die Augen zusammen, als könne sie in den
Doktoranden hineinsehen – sie kann es nicht,
das freut den Altphilologen - und dabei reicht
sie Herrn Hellas ein Rezept für ein
Medikament, das er weder erwerben noch
einnehmen wird, das weiß Herr Hellas schon
im Augenblick der Übergabe. Er grüble sehr
viel, erläutert ihm die Ärztin, zu viel. In

nächster Zeit solle er sich mehr an der frischen Luft aufhalten, was Herr Hellas gar nicht mag, aber das verschwiegt er der Medizinerin. Und er solle weniger arbeiten, stattdessen den Umgang mit anderen Menschen pflegen, was Herr Hellas noch weniger leiden kann, schließlich hat er den Senat seiner Gedanken, wozu sollte er sich also mit Menschen unterhalten, aber auch davon verrät er der Medizinerin nichts. „Und wissen Sie", lächelt die Ärztin, „für Ihre Gesundheit wäre es das Beste, Sie würden aus sich herausgehen, Sie sind doch jung! Machen Sie Yoga! Suchen Sie sich eine Freundin, dann wird Ihnen das Leben leichter." Froh ist Herr Hellas, als ihn die Ärztin endlich gehen lässt. Was sie auch sagt, sie wird ihn nicht verstehen.

Wie aus einem Heilschlaf erwacht – und hier denkt er tatsächlich an Orest, den der Fluch der Erinnyen loslässt, kehrt er dem Krankenhaus den Rücken. Er wohnt nicht weit von hier, die Strecke lässt sich zu Fuß machen, so hat es Herr Hellas mit der Mutter abgemacht. Mit seinem kleinen Koffer in der Hand quert er den botanischen Garten. Noch ist Winter und er liebt die Kälte. Zu einer wärmeren Jahreszeit würde Herr Hellas nicht durch den Park gehen, doch heute ist nicht mit anderen Menschen zu rechnen, diese Gelegenheit will er nutzen, der dichte Nebel ist ihm ein Verbündeter. Keine Menschen, freut er sich, keine Beobachter, keine Spötter! Von Schnee beladen senken die Bäume ihre Zweige. Bei diesem Anblick denkt Herr Hellas daran, wie gewichtig sich das Wissen all die Jahre auf seine Schultern gelegt hat. An einer schneebeladenen Birke hat der Doktorand angehalten und überlegt: Umgang mit anderen Menschen solle er pflegen, sich eine Freundin suchen, dabei weiß er doch, wie das Leben funktioniert, schließlich hat er es bei Platon gelesen. Herr Hellas schüttelt seinen dicken Denkerkopf. „Menschen!", lachen plötzlich alle Senatoren los. Herr Hellas weiß, sein Denken läuft in höheren Dimensionen: Herr Hellas sieht Senatoren durch seine Kurie stolzieren. Herr Hellas mag keine Menschen, er braucht keine Menschen, er unterhält sich mit feinen Herren in Toga – ganz im Stillen, versteht sich. Dafür sind sie immer für ihn da.

Herr Hellas hört einen Vogel rufen, vielleicht ein aufgeschreckter Kauz. Der Doktorand denkt an die Eulen der Athene. Die Göttin der Weisheit und Strategie soll die Anführerin seines Lebens sein. Wer braucht schon Yoga und gute Freunde, wenn einem eine Göttin den rechten Weg weist. Herr Hellas überlegt: Wenn er Rat sucht, dann im Gespräch mit dem Konsul Antistius oder dem Prätorianerpräfekten Tigellinus, und der ist viel näher, als ein Freund jemals sein kann. Immer lässt es sich mit ihm sprechen. Und niemals würde Herr Hellas ohne seinen Senat einen Beschluss fassen. Und wenn er vor einer großen Entscheidung steht, konsultiert er alle Senatoren, ja selbst nun - vor dem Ausgang des botanischen Gartens - bespricht Herr Hellas sich zuerst mit den Herren in Toga und sagt dann: „senatui placuit exitus", weil Herr Hellas sich mit dem Konsul Volusius zusammengeschlossen hat, und der möchte nun auch nach Hause. Herrn Hellas´ Welt ist edel und schön und er weiß: seine Welt ist die wahre. Verrückt sind die Welten anderer Menschen. Gegenteiliges will er nicht hören. Er ist normal, nein, noch mehr als das: In seinem Kopf tummelt sich ein ganzer Senat mit aller Beschlusskraft. Die Göttin Athene ist auf seiner Seite, da ist er ganz sicher. Wer hat das schon? Herr Hellas ist außergewöhnlich, überdurchschnittlich, sein Wissen könnte Bände füllen und von der Diagnose der Ärzteschaft will Herr Hellas gar nichts hören. Er weiß, was er weiß, und sollte er im Zweifel sein, so hat er seinen Senat. Die anderen - das ist die Hölle, die Außenwelt eine Katastrophe, und so beschließt Herr Hellas am Tag seiner Entlassung aus dem Bezirksklinikum im Einvernehmen mit dem gesamten Senat, weiterhin strikt zwischen Innen- und Außenwelt zu unterscheiden. Das Externum: Fremde, Menschen, die anderen, die Hölle. Und das Internum: Herrn Hellas´ unversehrte Welt edler und schöner Gedanken, seine Senatoren, alle antiken Götter, seine Freunde, die er nie verraten wird. Was diese Ärztin sich dabei denke, fragt Antistius, ihm Ratschläge zu erteilen, als ob der angehende Professor nicht für sich selbst sorgen könne. Er solle sich eine Freundin suchen, als ob ein wenig Zweisamkeit zum Glück beitrage. Und dabei konnte Herr

Hellas oft die Auswirkungen von zu viel Gefühl und zu wenig Verstand beobachten: Seine Mitschülerinnen damals mit ihren vierzehn Jahren, wie sie sich verliebten in die Jungen der höheren Klassen oder in die Lehrer gar. Das Fleisch war schwach, das Ergebnis mäßig: Schulabgänge, uneheliche Kinder, Scheidungen, jedenfalls nichts Hohes.

Und sollte Herr Hellas tatsächlich einmal das Bedürfnis nach Zweisamkeit verspüren, wird auch er bald in der Position sein, dass man sich um ihn bemüht und ihn umwirbt. Seine Zeit wird kommen, das weiß Herr Hellas ganz genau, wenn er in einigen Jahren als ordentlicher Professor mit den ihm zur Verfügung stehenden Mitteln alle Studentinnen seiner Fakultät zum Beischlaf nötigen kann. Wissend lächelt er und geht erhobenen Hauptes einige Schritte weiter. Dabei denkt Herr Hellas an das Gerede um einen hiesigen Professor. Auch er wird sich aus vielen hundert Studentinnen die schönsten wählen, er wird sich nehmen, was er begehrt, er wird sie nutzen und ablegen, wer ihn nicht mehr erregt. Wieder lächelt Herr Hellas und ist in Gedanken so verloren, dass er die einbrechende Dämmerung gar nicht bemerkt. „Du musst das Leben nicht verstehen", philosophiert Herr Hellas in die Dunkelheit. Und dann entfernt er sich langsam von der Gruppe schneebeladener Birken und verlässt endlich den botanischen Garten, wozu ihm Konsul Volusius längst geraten hatte. Wieder ruft ein Kauz. Herr Hellas nickt in seine Richtung und zwinkert Athene zu.

Als Herr Hellas endlich nach Hause kommt, belästigt ihn Frau von Rothen, seine Nachbarin: Der Doktorand wohnt in einem Mietshaus im ersten Stock. Im Erdgeschoss die alleinstehende Frau mit ihrer Tochter. Wie lange sie ihn nicht gesehen habe, meint sie. Ob er denn verreist sei, will sie wissen. Herr Hellas nickt. Und ohne Umschweife beginnt sie weiterzusprechen: Ihre Tochter sei mittlerweile volljährig, das habe Herr Hellas sicher mitbekommen. Natürlich hört der Doktorand augenblicklich zum ersten Mal davon, schließlich interessiert das Mädchen ihn nicht. Doch er nickt und die Nachbarin erzählt weiter: Ihre Tochter gehe nicht mehr zur Schule, wie die Mutter klagt, sondern arbeite nun in einer Behindertenwerkstätte. „Aber sie ist doch nicht behindert!", ruft sie aus und Herr Hellas nickt. Sie könne ihre Tochter doch nicht einfach aufgeben, sie würde ihr so gerne lesen und schreiben beibringen, aber sie könne es einfach nicht vermitteln. Die anderen Nachbarinnen, die Herr Hellas oft im Treppenhaus belauscht hat, haben damals von einer geistigen Behinderung gesprochen, das hat Herr Hellas nicht vergessen, aber im Gespräch mit Frau von Rothen schweigt er davon. „Und jetzt beginnt sie sich auch noch für Jungs zu interessieren!", jammert die Mutter. Frau von Rothen ist Maklerin, geschieden und leider gesprächig; nur was ihre Tochter angeht, hat sie noch nie mit Herrn Hellas gesprochen. Vielleicht schämt sie sich. Flüsternd berichtet sie dem Doktoranden, dass sie mit den Betreuern der Lebenshilfe gesprochen habe. Man wolle ihre Tochter dort nun ins Arbeitsleben integrieren. Sie gelte als nicht weiter beschulbar. Dabei sei ihr Kind doch ein Sonnenschein und lernwillig, ganz bestimmt. In der Einrichtung sei ihre Tochter gezwungen, die frisch gebügelte Wäsche in einen Korb zu legen und dann auf einen Wagen zu stellen. Wie man dabei von Förderung sprechen könne, meint Frau von Rothen, worin denn eigentlich die Förderung bestehe, murrt sie und legt Herrn Hellas die Hand auf die Schulter. „Sie verstehen mich, Herr Hellas, das ist schön!", raunt die Maklerin, um eine Vertrautheit herzustellen, die zwischen ihnen nicht besteht. Herr Hellas nickt, obwohl er gar nicht weiß, wie Frau von Rothens Tochter überhaupt aussieht. Wie sagt man so schön: er hat kein Gesicht zu ihrem Namen. Und wie er es dreht und wendet, er kann sich nicht erinnern, dem Mädchen überhaupt jemals begegnet zu sein. Aller Wahrscheinlichkeit nach müsste er sie kennen: in einem Mietshaus dieser Größe muss man sich dann und wann über den Weg laufen. Man könnte sich an den Briefkästen grüßen oder sich bei den Aschentonnen über das Wetter unterhalten. Aber das tut Herr Hellas natürlich nicht.

Aus Höflichkeit bleibt Herr Hellas stehen, lehnt am Geländer, den rechten Fuß schon auf der Stufe und lässt die Frau erzählen. Sie klagt von ihren Schwierigkeiten, von der schlechten wirtschaftlichen Lage und auch von ihrem

Kind. Ihre Tochter sei achtzehn, wiederholt sie, erst auf der Förderschule am Judenstein, nun in der Werkstätte, aber Corinna könne immer noch nicht lesen und schreiben. „Mit achtzehn!", wiederholt die Nachbarin nun zum dritten Mal und Herr Hellas weiß nichts anderes zu tun als zu nicken. Frau von Rothen erzählt von ihrer gescheiterten Ehe, einem Mann, der mit einem lernschwachen Kind nichts habe anfangen können, der auf und davon sei. Sie bespricht ihre finanziellen Probleme, ihre Zeitknappheit und obwohl Herr Hellas schon mit dem rechten Fuß scharrt, weil er endlich an seinen Schreibtisch will – kein Mensch kann sich vorstellen, welche Berge an Arbeit sich nun auftürmen - nimmt die besorgte Mutter seine Eile überhaupt nicht zur Kenntnis: Ob er es nicht einmal mit dem Mädchen versuchen wolle, er habe eine strenge Ausstrahlung, arbeite an der Universität, vielleicht würde das Mädchen bei ihm lesen lernen. Herr Hellas fürchtet nicht ablehnen zu dürfen, also vertröstet er die Nachbarin mit dem Hinweis auf ein Referat im Oberseminar, das es vorzubereiten gilt. Doch danach habe er sicherlich einmal für das Mädchen Zeit, so sagt Herr Hellas, in der Hoffnung, dass die Maklerin bis dahin einen anderen Nachhilfelehrer gefunden hat. Wenn er sich nur ein bisschen Zeit nehme, würde sie sich gerne erkenntlich zeigen, so Frau von Rothen und mit diesen Worten drängt sie Herrn Hellas wieder eine Stufe weiter hinauf und berührt seinen Oberschenkel. Ob die Berührung absichtlich oder zufällig entstanden ist, kann Herr Hellas nicht beurteilen. Schon im Weggehen bedankt sie sich und lässt Herrn Hellas in einer Wolke ihres Parfums zurück. Tigellinus applaudiert: Mit einer wie der Rothen könne man im Bett schon etwas anfangen. Sie sei experimentierfreudig, da schon oft enttäuscht und gleichzeitig erfahren. Volusius rät zur Zurückhaltung, vor allem bei geschiedenen Frauen und bei dieser im Besonderen und Seneca meint, man müsse erst das Für und Wider prüfen. Herr Hellas schleicht in seine Wohnung und setzt sich tatsächlich erst an den Küchentisch und nicht an den Schreibtisch, so durcheinander ist er.

Manchmal, besonders nachts friert er, wenn er sein Bett zurückschlägt, sich auf die Matratze setzt und seine Socken abstreift. Die Decke ist kalt. Nie war eine Hand da, die ihn am Nacken berührt hat, nie flüsterte jemand Albernes in sein Ohr und geweckt wird Herr Hellas immer von einem Radio: ein einsames Bett. Auf dem Nachttisch liegt eine Ausgabe von Tacitus´ Annalen aus dem Jahre 1883, darauf ist Herr Hellas besonders stolz. Heute nimmt er das Buch, streicht über die lederne Hülle, als könnte es seine Zärtlichkeit fühlen und dann sagt er - ich weiß nicht, ob hörbar oder nur dahin gehaucht: „Endlich wieder zu Hause!" Daraufhin schüttelt Herr Hellas sein Kopfkissen auf, bettet seinen dicken Denkerkopf darauf und beginnt zu lesen. Halblaut rezitiert er seinen Tacitus, eine Frau wie Messalina, meint Tigellinus, ein echtes Weibsbild; Derartiges müsse ihm einmal begegnen. Er lächelt lüstern. Herr Hellas denkt an das Gespräch zurück, das er bereits öfter mit Tigellinus geführt hatte. Der Doktorand liegt im Bett, seinen Tacitus auf den dicken Bauch gelegt. Und schon meldet sich der Prätorianer-präfekt zu Wort: Er solle endlich authören, das Leben eines unbescholtenen Knaben zu führen, er solle seine Nase in schmutzige Dinge stecken und seinen Schwanz in Orte, an denen er bisher noch nicht gewesen war. Frau von Rothen sei eine ansehnliche Dame, außerdem mindestens ein Jahrzehnt älter als Hellas, da könne man etwas lernen. Natürlich suche sie Kontakt, das habe er heute im Treppenhaus doch feststellen können. Bei der nächsten zufälligen Begegnung solle er sie rund heraus unverblümt um Sex bitten. Daran sei nichts Verwerfliches, ganz im Gegenteil, man könne hier schon von einer Art Nachbarschaftshilfe sprechen. Wirr blättert er in seinem Tacitus und erst als die Zeiger der Uhr schon auf drei stehen, ist Herr Hellas mit Büchern und Heften auf seinem Bauch eingeschlafen.

Tags darauf darf er endlich wieder an die Bibliothek. Müde klemmt er seine Unterlagen unter die Achsel. In der Universität nimmt er sofort den Aufzug in den zweiten Stock. Die vielen mühsamen Stufen mag er grundsätzlich nicht, heute aber fürchtet er Athenes strengen Blick. Das weiße Standbild steht im Wendekreis der Treppe und ist für die Hinaufsteigenden wie für die Hinuntergehenden gleichermaßen sichtbar. Was würde sie einem sagen, der davon träumt, seine Nachbarin zwischen den Beinen zu berühren. Diese Athene hat Herrn Hellas immer streng angesehen. Noch schärfer ist aber der Blick der zu ihrer Rechten sitzenden Eule, die ihn mit ihren Augen regelrecht durchbohrt hat. Seit dem ersten Semester fühlt Herr Hellas sich von Athene bald behütet, bald verfolgt, denn wer hat seine Phantasie schon immer unter Kontrolle? Auch heute graut ihm vor ihren Eulen. Er meidet das Treppenhaus, nimmt lieber den Aufzug und freut sich, wenn er gleich in den Bibliotheksstuhl sinken kann und nichts weiter zu tun hat als seinen Tacitus zu lesen. Und auch nach seinem Krankenhausaufenthalt findet Herr Hellas wieder seine geistige Heimat in der Universitätsbibliothek im zweiten Stock der geisteswissenschaftlichen Fakultät, er sitzt immer dort, montags bis donnerstags von acht bis achtzehn Uhr.

Die Wochenenden verbringt er bei seiner Mutter, so wie er es immer getan hat. Und die Mutter spricht nur in rührenden Worten von ihrem Bübi, denn Herr Hellas war stets ein guter Sohn, er hat seine Jugend nicht mit

Rauschmitteln vergeudet, nein, vielmehr stellte er im hauseigenen Sandkasten Caesars Gallische Kriege nach. Zwei Tage nach seinem Abitur schlug Herr Hellas die Schlacht von Alesia und besiegte die aufständischen Gallier, maßstabsgetreu, versteht sich. Nachbarn haben sich gewundert, Mädchen wollten nie mit ihm ausgehen, aber Herrn Hellas´ Mutter war immer stolz auf ihren Bübi gewesen und ist es noch.

Ohne also Athene eines Blickes zu würdigen, geht Herr Hellas zum Aufzug. In der Bibliothek wird er seinen reservierten Platz einzunehmen. Zahlreiche Kommilitonen gehen an ihm vorbei, einzelne grüßen, nach dem Grund seiner Abwesenheit wird sich niemand erkundigen, das weiß Herr Hellas. Und im Grunde hat diese Kommunikationslosigkeit doch etwas sehr Angenehmes. Er geht an seinen Schreibtisch, Bücher türmen sich, die Mahnzettel der Bibliotheksverwaltung schiebt Herr Hellas einfach zur Seite. Im Lesesaal steht die Zeit still, das mag der Doktorand, nicht einmal die Luft scheint ausgetauscht zu werden. Doch! Jetzt fällt es ihm erst auf: Die kleinwüchsige

Studentin, die ihren Schreibtisch unmittelbar neben dem seinen belegt hatte, ist verschwunden. Ihren Namen habe er bereits vergessen, meint Seneca, vielleicht auch nie gewusst, vermutet Volusius. Der angehende Professor ist sich nicht mehr so sicher. Doch dafür interessiert Herr Hellas sich auch nicht. Und er müsse sich dafür auch nicht interessieren, unterstützt ihn Volusius, schließlich verstehe Herr Hellas seine Welt, nämlich die von den Regalen der griechischen Literatur bis zu Schiller, darüber sei nichts notwendig.

Und schon zwei Wochen nach seiner Entlassung aus dem Klinikum ist alles wieder Routine: Nach dem Frühstück zieht sich Herr Hellas in die Bibliothek zurück, mit dem Aufzug hinauf und hinunter, Mittagessen in der Mensa, nachmittags zu einer Vorlesung. Und wenn Herr Hellas abends die Wohnungstüre öffnet, begrüßt ihn der vertraute Geruch von Lavendel und Mottenkugeln, zufrieden atmet der Doktorand. So riecht Heimat. Herrn Hellas´ Wohnung ist spartanisch möbliert, nichts soll ihn ablenken, Tisch, Bett und Schrank aus Fichtenholz, dazu ein Schreibtisch, auf dem sich Stapel von Kopien mit Notizen türmen. Nur ein kleines Foto hängt an der Wand, es zeigt Herrn Hellas mit seiner Mutter am Strand von Usedom, wohin die beiden jährlich reisen, denn den Süden mag der angehende Professor nicht. Einmal war er mit seiner Mutter in Jesolo. Die vielen fast unbekleideten Menschen haben ihn abgeschreckt. Er saß im Hotelzimmer, die Läden halb geschlossen und hörte die Geräusche draußen langsam an sich heranschwimmen: das Kreischen der jungen Mädchen und das Hupen der Busse, das Pfeifen des Bademeisters und die Rufe der Strandverkäufer. Das alles war nicht Herrn Hellas´ Welt. Seiner Mutter erklärte er, die Hitze nicht gut zu vertragen, und im nächsten Jahr reisten die beiden wieder nach Usedom. Dass Herr Hellas als Student der Latinistik und Gräzistik nie in Rom gewesen ist, spielt für ihn keine Rolle. Eine Klassenfahrt führte ihn vor vielen Jahren, als er noch Schüler war, nach Griechenland. Nebenbei bemerkt, auch diese entwickelte sich zur Katastrophe. Das soll an Reiseerfahrung in den Süden genügen. Für alles andere hat er seine Bücher. Alles nötige Wissen lässt sich daraus nehmen. Wozu im Colosseum schwitzen oder auf der Akropolis, wenn er die Abbildungen dieser Gebäude auch in der Bibliothek studieren kann – hier allerdings wohl temperiert? Früher hing in Herrn Hellas´ Gang neben der Fotografie links der Eingangstür auch ein großer Spiegel, aber Herr Hellas hat ihn eine Woche nach seinem Einzug in den Keller getragen. Er weiß, wie er aussieht, er muss sich nicht täglich ansehen und er will es auch nicht.

Herr Hellas liebt die Stille, gern steht er am Fenster, betrachtet die Tauben auf seinem Balkon und denkt nach. Herr Hellas mag keine Menschen und er braucht sie auch nicht. Nur die Anwesenheit seiner Mutter könnte er vielleicht eine längere Weile ertragen. Ja, manchmal sehnt er die Mutter regelrecht herbei, denn sie meint es gut mit ihrem Sohn, kritisiert nicht, bohrt nicht nach, hinterfragt keine seiner Thesen, nein, sie nennt ihn liebevoll „Bübi" und kocht für ihn. Und Herrn Hellas´ Mutter kocht gut und viel und deshalb ist ihr Sohn zu etwas geworden, was den Begriff „Bübi" sprengt. Herr Hellas neigt zur

Fettleibigkeit, vielleicht ererbt, vielleicht aber auch das Ergebnis mangelnder Bewegung. Doch Herr Hellas stört sich nicht an seinem Äußeren. Für seine beruflichen Ziele braucht er keinen herkulischen Körper. Nur Schläue ist gefragt. Und der Spiegel ist – wie gesagt – bereits vor Zeiten in den Keller abkommandiert, Seneca selbst hatte dazu geraten.

Heute ist wieder Montag. Herr Hellas kommt aus der Bibliothek, schließt die Wohnungstüre hinter sich, stellt sich ans Fenster und sieht hinaus in eine fremde Welt. So ist ihm wohler, eine dicke Scheibe Glas zwischen ihm und den anderen. So können die Monate ins Land ziehen. In jener Welt wird Frühling und Kinder spielen im Hof. Das hat Herr Hellas ebenso getan, als er fünf war, aber allein oder mit seiner Mutter. Als Herr Hellas größer wurde, hat er den Frühling auch sehr gemocht. Er saß im Garten und hat Eis gegessen, doppelte Portion, denn seine Mutter mag nichts Süßes. Im Sommer ging Herr Hellas gerne Schwimmen, aber immer mit seiner Mutter - und nur am Abend - und den Mädchen hat er nie - wie seine Altersgenossen -

auf die Brüste gestiert, weil seine Mutter meinte, dergleichen tue man nicht. Als die anderen Jungen aus Herrn Hellas´ Klasse damals mit ihren Freundinnen nach Kroatien gefahren sind, ist Herr Hellas natürlich zu Hause geblieben - bei seiner Mutter - und die hat ihm erklärt, dass Bübi etwas Besonderes sei und keine Freundin brauche, der Süden sei ohnehin viel zu warm für ihn. Als Entschädigung hat sie eine Eismaschine gekauft und dem Sohn zu jeder Mahlzeit selbstgemachtes Eis als Dessert serviert. Also hat Herr Hellas mit Mädchen nicht gesprochen, er hat den Schwanz einfach eingezogen und das Leben eines Mönchs geführt. Nur manchmal, wenn die Mutter nicht zu Hause war, da hat Herr Hellas dann in Zeitschriften geblättert, die er vor seiner Mutter freilich verstecken musste. Die Fotos darin haben Herrn Hellas schon gefallen und manchmal ist er stundenlang im Bad gesessen, in der einen Hand die Zeitschrift, in der andern seinen Schwanz. Herr Hellas steht am Fenster und erinnert sich: Die Sommer seiner Jugend, mein Gott, die Touristinnen aus dem Norden, die tschechischen Mädchen und seine Schulkameradinnen, ach, wie schnell hätten sich damals kussbereite Lippen gefunden oder ein williger Schoß, aber nein, Herr Hellas hat sich mit Caesars Schlachten in Gallien beschäftigt und mit Hochglanzbildern im Bad, er hat immer nur den eigenen Körper in Händen gehabt und hätte zum Teufel gerne gewusst, wie sich Mädchenhaut anfühlt. Jetzt ist Herr Hellas dreißig. Mädchenhaut kennt er vom Händedruck, geküsst hat er seine Mutter immerhin auf die Wange und in der Theaterprobe durfte er schon einmal fremde Oberschenkel streicheln, ein Anfang also. Aber er fühlt die Blicke der Leute, die ihn anstieren wie ein fremdes Tier. In einer ruhigen Minute fragt er den Senator Volusius, ob er nur deshalb existiere, damit seine Mitmenschen Witze über ihn machen können. Der Senator schweigt.

Sein alltägliches Leben ist für Herrn Hellas eine Nebenhandlung. Wichtig sei anderes, so Volusius: Philosophie, Literatur, Kunst und Theater. Ja, vielleicht ist sein Dasein auch nur eine Scheinhandlung, oder sollte man den Begriff Handlung ganz vermeiden, schließlich passiert nichts. Selbst die Personen, die mit

Herrn Hellas zu tun haben, sind schwer als Protagonisten zu verstehen und so könnte man sagen, Herr Hellas ist mit Claudius und Nero, mit Seneca und Tigellinus weit mehr vertraut als mit seinen Kommilitonen, den weiblichen ja ohnehin nicht. Umso mehr wundert sich Herr Hellas darüber, dass sich doch von Zeit zu Zeit andere Menschen in sein Leben verirren. Am Mittagstisch in der Mensa hatte er vor einigen Monaten bei einem unvorsichtigen Gespräch den Studenten und seinem Doktorvater erzählt, dass er seine Mutter gleichsam als seine beste Freundin verstehe, worauf Frau Fröhlich konterte, er solle statt von einer besten, von seiner einzigen Freundin sprechen. Homerisches Gelächter erfüllte die Gesellschaft. Daraufhin hatte Herr Hellas lange aus dem Fenster gesehen, pickende Tauben beobachtet und im Einvernehmen mit dem gesamten Senat seiner Gedanken beschlossen, die Kommilitonen jetzt noch weniger zu mögen als ehedem. Er sah sich zu keiner Verteidigung genötigt, man sollte über ihn denken, wie man wollte, auch seine Kommilitonen würden in einigen Jahren zu ihm aufsehen müssen, wenn er als geschätzter Professor einmal die antike Weltliteratur lehren würde. „Tempora mutantur, et nos mutamur in illis!", zitierte Herr Hellas den Dichter Ovid. Die Kommilitonen schüttelten den Kopf, schließlich ließ sich kein Zusammenhang herstellen zwischen dem ursprünglichen Gesprächsthema und Herrn Hellas´ These von der Veränderbarkeit aller Dinge.

Am Abend macht Seneca sich daran, den etwas mitgenommenen Doktoranden zu trösten, indem er ihm flüstert, dass der angehende Professor in sexueller Hinsicht natürlich kein Anfänger sei und das obwohl Herr Hellas noch nie mit einer Frau geschlafen habe, nein, das sei auch überhaupt nicht notwendig. Der Begriff Liebe sei Herrn Hellas schließlich aus der Latinistik bekannt. Bei Sappho werde sie zum Mythos, Lukrez verteufle sie als eine Vernebelung der Sinne und Ovid besinge sie in allen Formen der körperlichen Empfindung. Aus der "Ars amatoria" habe Herr Hellas schließlich erfahren, dass es bestimmte Körperteile der Frau zu erkunden gilt, die sie besonders erregen. Nicht zu schüchtern solle man sein, Berührungen wagen. Und dann wird Seneca durchaus deutlicher mit dem klaren Auftrag, der Doktorand solle doch die „Liebeskunst" lesen: Von der Hingabe der Mädchen sei darin die Rede, ihrem Augenaufschlag, ihren Seufzern und Stöhnen. Und schon wisse Herr Hellas, dass der Höhepunkt unbedingt gemeinsam erreicht werden solle, Eile zu vermeiden sei, die Liebe überhaupt ein Spiel darstelle, das es zu genießen gelte. Und durch Senecas rührenden Ratschlag wird Herr Hellas zum Experten, nun ja, immerhin theoretisch. Sein Wissen bezieht er natürlich auch aus seinem Tacitus und Cassius Dio: Wie Kaiserin Messalina sich als Prostituierte verkleidet hat und mehr als 25 Freier in einer Nacht bediente und wie sie unersättlich selbst dann nicht aufhören wollte, als der Bordellbetreiber seine Schänke schließen wollte. Das alles hat Herr Hellas gelesen, übersetzt, interpretiert und geradezu verinnerlicht. Aber Achtung! Sein Wissen ist nicht nur angelesen, nein, nein!

Denn bei den Theateraufführungen des Institutes für Klassische Philologie an der hiesigen Universität konnte der Doktorand ebenfalls Erfahrungen sammeln. Sein Doktorvater selbst hatte ihm geraten, der Theatergruppe beizutreten, so etwas mache sich im Lebenslauf ganz gut, meinte er, verweise auf einen aufgeschlossenen und kreativen Menschen. Und das seien immerhin Schlüsselqualifikationen bei der Besetzung einer Professur. Man spielt die Klassiker der Weltliteratur und Herr Hellas hat für dieses Semester die Hauptrolle übernommen, denn er geht davon aus, dass er dies eigens in seinen Lebenslauf aufnehmen kann. Er mimt den großen Liebhaber. Dass er die Rolle bekommen hat, weil kein anderer männlicher Darsteller so viel Text lernen wollte, ist für Herrn Hellas unbedeutend. Die Proben verliefen bislang schleppend.

Seine Bühnenpartnerin ist Frau Fröhlich. Der Unerfahrene mimt den Liebhaber, seine Konkurrentin die Geliebte, es wird für beide gleichermaßen eine Katastrophe, denn Herr Hellas mag keine Menschen (und auch Frauen sind Menschen) und Frau Fröhlich mag keine Männer (und auch Herr Hellas ist ein Mann).

Man versuchte sich, auf den Text zu konzentrieren, wie die Regie immer wieder mahnt. Und Frau Fröhlich ist keineswegs daran interessiert, sich mit Herrn Hellas gemein zu machen. Dennoch lässt sie ihn manchmal an ihrem Leben Anteil nehmen, ob als Vorwurf oder als Provokation, sei dahingestellt. Sie brauche keine Regieanweisung, um jemanden anzufassen, und bezahlen habe sie für einen Beischlaf nie müssen, provoziert sie Herrn Hellas, gerade so, als wolle sie ihm sagen, dass er all dies schon nötig habe. Und bei einem gemeinsamen Abendessen der Theatergruppe hatte Frau Fröhlich ganz im Vertrauen zu Herrn Hellas gesagt, er solle sein Leben nicht an Prinzipien hängen und müsse den Dingen ihren Lauf lassen. Daraufhin hatte Herr Hellas in sein Glas mit Apfelschorle gestiert und gehofft, sie würde ihn an diesem Abend kein zweites Mal ansprechen. Frau Fröhlichs Lebensweise bleibt Herrn Hellas ein Rätsel und so empfindet der Doktorand in ihrer Nähe stets ein Gefühl der Unsicherheit: Wenn sie etwas sagt, fällt ihm erst Stunden später ein, was er rhetorisch geschickt erwidern hätte können.

Und wenn Herr Hellas sie - vom Bühnenlicht umhüllt - in seinen Armen hält, ist er jedes Mal verunsichert und fürchtet, sie zu berühren, wo sie es nicht wünscht und wozu ihn die Regieanweisung auch nicht mehr berechtigt. Also spielt Herr Hellas mechanisch seinen Part, spricht seinen Text, so schnell er kann, tut, was man ihm vom Regiepult befiehlt, und wenn seine Hände zu schwitzen beginnen, lächelt Frau Fröhlich. Vom Regiepult heißt es nun, er solle seinen Text emotionaler sprechen und mit mehr Körperkontakt, jetzt beginnt Herr Hellas auch am Rücken zu schwitzen, er ahnt schon, dass die Feuchtigkeit das leichte Hemdgewebe durchdringen wird. Noch bevor er sie ansieht, weiß Herr Hellas, dass Frau Fröhlich wieder lächeln wird. Er geht auf sie zu, bleibt wenige Zentimeter vor ihr stehen und sieht Frau Fröhlich verliebt auf die Stirn, denn in ihre Augen wagt er nicht zu blicken. Dennoch blieb den Kollegen und Kommilitonen Herrn Hellas´ Hilflosigkeit nicht verborgen. „Wie auch immer. Das müssen wir nächste Woche nochmal machen!", hört Herr Hellas vom Regiepult her, und doch verspürt er eine gewisse Enttäuschung. Beim Hinausgehen zischt Frau Fröhlich, ihre Freundin sei weniger schüchtern als er und darauf freue sie sich jetzt schon. Sie klebe an ihr wie frischer Honig und sie meine das nicht metaphorisch. Und dann verschwindet sie mit diesem Lächeln, das Herr Hellas gar nicht mag.

Seneca rät zur nüchternen Überlegung: er müsse sich klar positionieren. Schließlich gehe es im Leben immer um Haltung. Und wieder ergeht sich Herr Hellas darin, sich und Frau Fröhlich zu vergleichen. Ganz richtig! Wie sehr unterscheidet sie sich von ihm. Erst zur Mittagszeit kommt sie an die Universität, natürlich ohne Eile. Als Herr Hellas sie einmal darauf angesprochen hat, antwortete sie ihm, sie habe ja auch ihr Privatleben und sie meine damit nicht die Reinigung ihrer Zweizimmer-wohnung, schließlich könne sie auf alles verzichten außer auf ihr Wasserbett. Herr Hellas weiß, dass sie ihre Liebhaberinnen häufiger wechselt als Herr Hellas seinen grauen Pullover. Immer trifft er Frau Fröhlich mit anderen Frauen, mal beim Eisessen, mal auf dem Weg ins Kino, aber immer in eindeutiger Körperhaltung.

In seinem Leben wäre dafür kein Platz, so viel Energie könnte Herr Hellas gar nicht aufbringen, sich auf ständig neue Menschen einzulassen. So oft könnte er gar nicht die Bettwäsche wechseln. In Herrn Hellas´ Welt wohnen seine Forschungsarbeiten, der unendliche Raum der Vergangenheit und die Arbeit der Gegenwart: seine Monographie, seine Dissertation, seine Habilitation, seine Aufsätze und Rezensionen. Was Herrn Hellas fehle, meint Seneca, sei die Dummheit mit Alltäglichem zufrieden zu sein, diese Dummheit sich über Einfaches zu freuen, wozu der ungebildete Pöbel neige. Er sei eben zu klug für das Glück, versichert Seneca. Frau Fröhlich schwärmt von ihrem neuen Auto. Und wie wunderbar der Lack zur Haarfarbe ihrer neuen Freundin passt. Schön, doch Herr Hellas weiß: Die Frage nach der Autorschaft der Appendix Vergiliana bleibt bestehen. Frau Fröhlich bucht eine Reise nach Tunesien. Schön, aber Herr Hellas weiß: Ein Urlaub löst die dringenden Probleme der Forschung nicht, er schiebt sie nur auf. Jeder Tag außerhalb der Bibliothek ist ein verlorener. Ein Kuss? Schön, doch für Herrn Hellas verlorene Zeit. Was ließe sich in den Minuten, in den Stunden der Zweisamkeit alles übersetzen. Frau Fröhlich überlegt ihrer neuen Freundin einen Heiratsantrag zu machen. Denn sie sei bestimmt die Richtige, nachdem die letzten fünfzehn Beziehungen der letzten zwei Jahre in die Brüche gegangen sind. Sie bespricht sich darüber sogar mit den Archäologen, wie man einen idealen Heiratsantrag formuliert. Doch Herr Hellas sieht die Statistik der Scheidungen! Dann lieber lesen, dann lieber forschen! Herr Hellas kann nicht glücklich sein, es fehlt nicht an Anlässen, es fehlt an Dummheit, an Selbsttäuschungsvermögen. Herr Hellas weiß: Es gibt kein irdisches Glück, es gibt andere Ebenen, andere Dimensionen. Auf jede Ebene folgt eine weitere, in jeder neuen Schicht wird die Luft noch dünner, das Atmen immer schwerer, das Leben menschenleerer.

Doch bei der folgenden Theaterprobe kam alles noch viel schlimmer: Die Regieanweisung lautet, Herr Hellas solle Frau Fröhlichs

Oberschenkel streicheln. Schlagartig ist Herr Hellas hilflos und bis zur Unfähigkeit gelähmt. Er versucht sein Bestes und dennoch verrät ihn nicht nur der Schweiß an Stirn und Händen. Unsicher fahren seine Finger an Frau Fröhlichs Beinen entlang und alle bemerken es: Der angehende Professor ist Anfänger. Herrn Hellas ´ Gesichtsfarbe verändert sich zu einem undefinierbaren Weißgrau, sein Köper beginnt zu zittern, seine Stimme versagt ihren Dienst. Noch einmal wiederholt die Regie ihre Anweisung, der Ton wird fordernder und schärfer. Der Doktorand weiß: Jetzt gilt es sein Gesicht zu wahren. Er schluckt, um seinen trockenen Rachen zu befeuchten, er schließt schweigend die Augen wie zum Gebet, dann legt er sorgsam seine Finger an Frau Fröhlichs Knie. „Oberschenkel!" dröhnt es vom Regiepult. Herr Hellas schiebt seine Hand zwei Zentimeter aufwärts, dort bleibt sie wie gelähmt kleben, schließlich räuspert er sich. Schweiß strömt nun auch über seine Stirn, die Haare kleben bereits platt auf Herrn Hellas´ Haut. Ohne Erklärung verlässt der Doktorand eilends den Proberaum, wirft die Türe hinter sich zu, als sei er eben der eigenen Hinrichtung entkommen. Von draußen vernimmt er das homerische Gelächter der anderen Schauspieler. Sie johlen, sie grölen, alle haben es bemerkt: Der angehende Professor traut sich nicht, eine Frau zu berühren. Hilfesuchend wendet er sich an den Senat seiner Gedanken. Er hat sich blamiert und wird diesen Ruf nie wieder loswerden. Herr Hellas befragt alle Senatoren seiner geistigen Kurie, wie nun zu verfahren sei. Noch kürzlich hatte man sich im Senat darauf geeinigt, alle körperlichen Bedürfnisse auszublenden und nun bringt eine einfache Regieanweisung Herrn Hellas´ reine Idee ins Wanken. Man berät sich: Tigellinus spricht sich dafür aus, Erfahrungen zu sammeln, in einem Bordell etwa, mit Frau von Rothen oder auf einer Studentenfeier. Antistius stimmt weiterhin für Sittenstrenge, man könne sich, sagt der Konsul in Herrn Hellas´ Kopf, erotisches Grundwissen auch anlesen. Cornelius wiederum erläutert, dass es sich ja lediglich um eine Theateraufführung, also eine Art Trockenprobe handle. Lange lauscht Herr Hellas den diskutierenden Senatoren und ruft schließlich zur Abstimmung und letztlich beschließt der Senat, Erfahrungen zu sammeln - wie auch immer, erotische Erfahrungen, darauf komme es an – egal ob theoretisch oder praktisch, aktiv oder passiv, man ergreife jede Chance. Herr Hellas solle zuerst beobachten, so Antistius, er solle beäugen, was es zu sehen gibt und betasten, was sich greifen lässt, so Tigellinus, dann solle er sich weitertasten und spätestens zur nächsten Theaterprobe würde er mit seinem neuen Wissen brillieren können.

Doch womit den Anfang machen? Es ist Samstag. Herr Hellas ist wie jedes Wochenende zu seiner Mutter gefahren, denn in seiner Studentenwohnung möchte er allein nicht bleiben (zu beengend, zu staubig, zu viele Tauben auf dem Balkon). Dichte Wälder, wenig Menschen, einsame Gehöfte - das ist Herrn Hellas´ Heimat. Hier kann sein Geist Flügel schlagen. Der angehende Professor fährt gern mit dem Rad hinaus aufs Land, Vögel pfeifen, Eulen rufen. Früher hatte ihn seine Mutter bisweilen begleitet, heute bleibt sie lieber zu hause. Heute fährt er auf direktem Weg in die nächste Kreisstadt. Denn er weiß: Am Ende der

Hauptstraße steht ein rosa Haus mit einer roten Aufschrift. Herr Hellas war schon oft daran vorübergefahren, hatte Männer beobachtet, die von jungen Mädchen begrüßt wurden. Nie hatte Herr Hellas vor diesem Haus angehalten. Er weiß, um welches Etablissement es sich handelt, auch wenn er mit seiner Mutter nie darüber gesprochen hat. Er stellt sein Fahrrad ab und nähert sich der Eingangstür. Ein Mann mit großer Brille tritt aus der Tür, Herr Hellas hätte ihn beinahe mit seinem Professor verwechselt. Eine leicht bekleidete Dame begrüßt den Doktoranden auf Deutsch. Herr Hellas könnte sich also verständigen, doch er möchte seine Sprache nicht in den Dienst der Triebe stellen. Er legt einen Geldschein auf die Theke und schweigt. Die Dame nickt und führt ihn in ein Zimmer im Obergeschoss zu einem Mädchen, das noch weniger bekleidet ist. Ihre Brüste sind durch schmale Stoffstreifen angehoben, aber nicht bedeckt, die Brustwarzen treten dunkelbraun hervor, um die Hüften trägt sie einen kurzen Rock, an dessen Konturen erkennbar wird, dass sie darunter nackt sein würde, das hat Herr Hellas bereits auf den ersten Blick erkannt. Als die beiden allein im Zimmer stehen, wendet das Mädchen ihm den Rücken zu. Herr Hellas steht noch immer an der Tür. Das Mädchen bückt sich, sie lässt ihren Oberkörper nach vorne sinken und streckt die Beine durch. Damit gewährt sie Herrn Hellas freien Einblick in die Gegend, die er bisher nur aus seinen Heften kennt. Der Doktorand gerät in Unruhe, zuerst weiß der angehende Professor nicht, wo hinsehen, aber dann erinnert ihn Tigellinus, dass er bezahlt hat. In seinem Kopf flüstert es: „Das Mädchen gehört dir. Du darfst sie ansehen, du darfst jetzt alles!" Dann richtet das Mädchen sich auf, tippt Herrn Hellas an, der sich aufs Bett setzt. Gleich schlingt sie ihre Arme um Herrn Hellas´ dicken Nacken, ihre Hüften wippen. Herr Hellas nimmt den Geruch ihrer Haut wahr und auch die Feuchtigkeit an der Innenseite ihrer Arme. Sie möchte etwas sagen, aber Herr Hellas kommt ihr zuvor und meint entschieden: „Bitte sprechen Sie nicht mit mir." Das Mädchen lächelt. Jetzt drängt sie sich so nah an den Doktoranden, dass er seine Nase zwischen der

Wölbung ihrer Brüste steckt. Auch an dieser Stelle scheint sie zu schwitzen.

Herr Hellas saugt alles in sich auf (visuell natürlich), obwohl ihm das Mädchen nicht gefällt. Auch ihr Geruch hat etwas an sich, was er nicht mag. Sie hat braunes Haar, ihre Haut ist viel zu hell, wirkt leblos fast, ihr Auftreten verrät etwas Müdes. Sofort sucht Herr Hellas Rat bei seinem Prätorianerpräfekten: „Gefallen muss sie dir nicht unbedingt", sagt Tigellinus, „man könnte ihr Gesicht ja bei Bedarf mit einem Tuch bedecken." Herr Hellas lässt sich rückwärts ins Bett fallen, sein Bauch schlägt Wellen. Er darf, sie muss alles und es ist schön, der Überlegene zu sein. Das Mädchen folgt ihm, sie kniet sich mit gespreizten Beinen über ihn, so dass er alles sehen kann, wofür er bezahlt hat und womit er trotzdem nichts anzufangen weiß. Das Mädchen nimmt seine Hand, streckt seinen Zeigefinger aus und faltet die anderen Finger zu einer Faust. Dann führt sie Herrn Hellas Finger zu ihren Schamlippen. Herr Hellas liegt unbewegt im Bett und verlässt sich darauf, dass das Mädchen ihn führen wird. Er kann sehen, wie sein dicker Finger in den

Falten zwischen ihren Beinen verschwindet. Das Mädchen wiederholt diese Bewegung. Es entsteht ein schlurfendes Geräusch, schließlich klebt an Herrn Hellas Hand weißes Sekret. Herr Hellas zieht seine Hand zurück. Er riecht unauffällig an seinem Finger. Auch diesen Geruch mag er nicht. Er wischt seinen Zeigefinger am Bettlaken trocken. Wie eine Raupe kriecht das Mädchen nun den Körper des dicken Doktoranden abwärts, sie öffnet seine Hose, sie holt seinen Schwanz heraus, sie küsst die Spitze, sie nimmt ihn schließlich ganz in den Mund. Dann kriecht sie wieder aufwärts, spielt mit ihren Lippen an Herrn Hellas´ Bauchnabel, eines von Herrn Hellas´ Schamhaaren hat sich an ihrer Zunge verfangen, dann zupft sie es mit ihren spitzen Fingern weg und sieht kurz zu dem angehenden Professor hoch.

Doch Herr Hellas schaut nur, er lächelt nicht einmal, er lässt nur mit sich geschehen. Sie saugt, massiert oder reibt ihren Körper an seinem. Doch so sehr sich das hässliche Mädchen auch plagt, Herrn Hellas´ Schwanz will nicht stämmig werden. Er liegt nur auf dem Rücken, das Mädchen sitzt auf ihm, sie knetet seinen Bauch, seine Schultern, seine Brustwarzen, sie hüpft, sie saugt, sie streichelt, doch Herr Hellas bleibt starr. Er beobachtet ihr Treiben. Er habe bezahlt, es sei geradezu Geldverschwendung, sie nicht anzusehen, meint Tigellinus. Ihre Brüste scheinen Herrn Hellas zu klein, an ihrem Bauch wachsen kleine Haare, die Oberschenkel zu dick, die Haut zu ungepflegt, die Finger zu kurz. Wer soll denn geil werden bei all der Hässlichkeit? Herr Hellas bedeutet dem Mädchen, indem er auf seine Augen zeigt, dass er sie nur ansehen möchte. Zurücklehnen soll sie sich und die Beine auseinandernehmen, das alles vermag Herr Hellas durch einige Gesten zu befehlen, ehe er sich mit seinen Augen ihrem Unterleib nähert. Denn schließlich möchte sich Herr Hellas erst einmal wissenschaftlich mit der weiblichen Vagina auseinandersetzen, erst einmal beobachten. Und das Mädchen scheint zu begreifen, worauf es ihm ankommt. Sie hält ihre Schamlippen auseinander. Und Herr Hellas begutachtet die kleinen blauen Äderchen, die daran entlanglaufen und studiert sie lange, liest die Äderchen und Hautfalten wie Zeilen, als wolle er sie als Verse auswendig lernen. Er prüft die unterschiedlichen Farbtöne, den leichten Wechsel zwischen Rot, Rosa und Blau.

Dabei erinnert ihn Volusius an die Geschlechtertheorie des Galenos, über die er vor einigen Monaten mit Frau Fröhlich gesprochen habe: Vor ihm vertiefe sich das nach innen gestülpte Geschlechtsorgan der Frau, so Volusius, und sein Penis bilde das außen liegende Pendent dazu. Tigellinus ermahnt ihn, dass beide Teile zusammengehören und er endlich aufhören solle, die Frau nur anzustarren. Er solle endlich seinen Schwanz in sie hineinstecken, denn dafür sei er ja hergekommen. Doch das wird er nicht über sich bringen. Zu groß ist der Ekel vor diesem Übermaß an Durchschnittlichkeit. Herr Hellas versucht seine Genitalien mit der Hand zu verbergen. Zu ordinär, meint auch Volusius. Wo bleibe denn die Ästhetik, fragt auch Seneca. Und so setzt Herr Hellas sich auf, wirft ein Kissen vor die geöffneten Beine der jungen Frau und geht. Man müsse sich um jeden Preis seinen Stolz bewahren, murmelt Tigellinus, und keinen hochzubekommen bei einer Frau von solcher Hässlichkeit, sei keine Schande, ganz im Gegenteil eher ein Ausdruck von gutem Geschmack. Und so applaudieren alle Senatoren und loben den Doktoranden als einen Mann von Prinzipien.

Wieder zu Hause angekommen, stellt er sein Fahrrad in die Garage, die Mutter hat schon gewartet, sie erkundigt sich nach seinen Erlebnissen. „Interessant", meint Herr Hellas, „wohin man kommt, immer wieder etwas Neues, auch wenn man nicht ans Ziel gelangt." Freilich ein Gebirge sei die Landschaft nicht, aber man müsse ja nicht immer hoch hinaus. Vieles sei ungepflegt in der Stadt, man möchte fast sagen heruntergekommen, aber die Leute seien immerhin unkompliziert, man könne sich auch ohne Worte verständigen. Als Herr Hellas von der Körpersprache zu erzählen beginnt, ist die Mutter schon gegangen, um ihrem Bübi eine kräftige Nahrung für den Abend zuzubereiten.

Spät geht Herr Hellas in sein einsames Bett, er schlägt die kalte Decke zurück und legt seinen dicken Denkerkopf ins Kissen. Es war ein großer Tag für ihn, sogar wissenschaftlich ein wichtiger Tag für ihn. Irgendwann würde er mit einer Frau schlafen müssen, um mitreden zu können oder auch, um seine Nachkommenschaft zu sichern. Konsul Volusius verwickelt ihn in ein Gespräch: Was bleibe denn von einem Hellas? Eine Monographie vielleicht, ja, dann und wann werde die nächste Generation der Wissenschaftler seinen Namen zitieren, vielleicht in fünfzig Jahren noch, dann sei die Forschung weiter, dann habe Herr Hellas ausgedient. Er lebe für fünfzig Jahre Tacitusforschung. Tigellinus unterbricht und rät Herrn Hellas dringend mit der Erkundung des weiblichen Geschlechtes fortzufahren. Warum er in den nächsten Tagen nicht einfach bei seiner unbefriedigten Nachbarin läute, meint der Prätorianerpräfekt. Er solle sich den Kopf einfach freibumsen lassen, das mache unterm Strich am meisten Spaß. Tatsächlich hat der angehende Professor auf Grund der angeregten Diskussion Schwierigkeiten, in den Schlaf zu finden.

Auch eine Woche später wird Herr Hellas wie immer das Wochenende in der Heimat verbringen, Sorge treibt ihn nach Hause, denn seine Mutter ist erkältet. Herr Hellas muss ein Medikament für sie beschaffen. Die Apotheke ist gut besucht. Herr Hellas reiht sich in die Schlange. Er steht am Fenster und sieht hinaus. Einige Kinder verscheuchen Tauben: ein rührender Anblick und ein Gefühl von Heimat. Es ist Frühling. Zufrieden sieht der Doktorand hinaus auf die Straße. Das erste Kapitel seiner Dissertation ist abgeschlossen. Er hat es seinem Professor zur Durchsicht vorgelegt und ist versichert, dass dieser zufrieden mit ihm sein wird. Ein schöner Gedanke und ein Gefühl von Glück. Herr Hellas sieht hinaus. Die Kinder haben aufgehört, Tauben zu vertreiben. Ein junger Mann hat die Straße überquert und vor dem Schaufenster angehalten. Er steht Herrn Hellas gegenüber und sieht ihn an. Herr Hellas blickt in blaue Augen und weiß: es ist Hans Kröger, der wunderschöne Hans, der einzige Mensch seiner Schulzeit, an den Herr Hellas Gedanken verschwendete.

Wie ein Blitz durchfährt Herrn Hellas die Erinnerung: Die Tage seiner Schulzeit, Gott ja, diese unbeschwerten und ereignislosen Stunden, seine Mitschüler strafte Herr Hellas mit Missachtung, nur einer verdiente seine Verehrung: Der Klassenprimus, Hans Kröger. An ihn kann Herr Hellas sich genau erinnern: Ein schlanker, kleiner Junge mit unschuldigen, blauen Augen. Hans Kröger! Herr Hellas mochte ihn. In den Musikstunden lauschte er begeistert seinem Gesang. Im Deutschunterricht bewunderte er seine Ausdruckweise, im Sport seinen straffen Körper. Ja, er hatte ihn gern, eine stille, bescheidene Neigung, die ganz im Verborgenen blühte. Keine Aufdringlichkeiten, keine Liebesgeständnisse, nur Sehnsucht aus der Ferne. Wo Hans war, da wollte auch Herr Hellas sein, denn Hans konnte alles verstehen: Mathematik, Schiller und den Lauf der Welt. Er war klug und sah die Dinge mit wachen Augen. In den langen Pausen erklärte Hans Kröger den Mitschülern schwierige, chemische Formeln und mit Frau Engel diskutierte er bei schönem Wetter Shakespeares Menschenbild. Hans Kröger und die junge Englischlehrerin! Herrn Hellas´ Eifersucht kochte! Er wollte ihn für sich haben, eine Welt ohne Mitschüler und Englischlehrer, eine Welt nur für Herrn Hellas und Hans Kröger. Eine Welt mit edlen Gesprächen über Kunst, Kant und Probleme der Theodizee.

Der wunderschöne Hans Kröger und nun nur durch eine Fensterscheibe von ihm getrennt. Hans Kröger! Immer noch wunderschön, wie vor vielen Jahren. Der Senator Antistius bringt sofort den Vorschlag ein, den Notstand auszurufen, angesichts Hans Krögers blauer Augen. Tigellinus beschwört Herrn Hellas, den schönen jungen Mann wenigstens zu grüßen, vielleicht ergebe sich ja mehr daraus. Und schon rufen die Senatoren durcheinander. Die einen sprechen vom Sittenverfall und Triebhaftigkeit und wie peinlich es sei, in einem Bordell seinen Mann nicht zu stehen, von den blauen Augen Hans Krögers aber erstarrt dazustehen. Andere Senatoren halten dagegen, dass die Knabenliebe seit jeher eine feste und anerkannte Sexualpraxis sei, von Verwerflichkeit keine Spur. Hans Kröger ist nur durch ein Fenster von Herrn Hellas getrennt, lächelt den Doktoranden an und hebt die Hand zum Gruß. Doch Herr Hellas steht wie gelähmt. Der ganze Senat ist ihm keine Hilfe. Er möchte weder lächeln noch winken. Er kann Hans Kröger nicht grüßen, so sehr er es will. Er muss seinen Kopf drehen, den Blick von ihm wenden und sich verstellen. Ja, er wird alle Gefühle hinunterschlucken und wieder ein Kilo schwerer sein. Er wird sich verhalten, als erkenne er Hans Kröger nicht mehr. Tigellinus poltert in Herrn Hellas´ Kopf, nennt den Doktoranden einen Schwächling, einen verzärtelten Sonderling. Doch Herr Hellas bleibt hart. Der junge Mann ist kopfschüttelnd weiter gegangen.

Natürlich fragt die Mutter sofort, als Herr Hellas ihr das Schmerzmittel bringt, was es Besonderes gegeben habe, ein zufälliges Treffen mit Bekannten oder dergleichen, doch Herr Hellas entgegnet mit einem verzerrten Lächeln auf den strengen Lippen: „Gar nichts!"

Trotzdem kommt Herr Hellas an diesem Abend nicht umhin, wieder und wieder an Hans Krögers blaue Augen zu denken. Er bettet seinen dicken Denkerkopf in das von Mutter bestickte Kissen und denkt an vergangene Zeiten: damals vor vielen Jahren! Wie gerne hätte Herr Hellas mit dem Mitschüler Hans Kröger antike Verse zitiert oder wenigstens Rilke. Wie gerne hätte er mit ihm geschwiegen, gelacht und geforscht. Er hätte ihn geküsst, seine zarte Jungenhaut gestreichelt und die Welt draußen einfach sein lassen. Ja, so war es, vor vielen Jahren: Herr Hellas hatte sie sich ausgemalt, diese Welt voll seliger Zweisamkeit, diese Idylle vom glücklichen Leben. Niemand anders sollte darin Platz finden als zwei Knaben in der besten Absicht, zu lernen und zu arbeiten, in schüchterner Zuneigung, ganz der Bildung verschrieben. Freilich hatte Herr Hellas in den Sportstunden manchmal den Blick zwischen Hans Krögers Beine wandern lassen, und noch in derselben Nacht hatte Herr Hellas vier Verse an seinen Mitschüler gerichtet. Natürlich hatte Herr Hellas sich nicht getraut, den kleinen blauen Zettel Hans Kröger zu übergeben. Er hatte ihn in seine Ovidausgabe gelegt und diese im obersten Regal seiner Büchersammlung versteckt. Der Zettel liegt noch heute darin:

An einem milden Nachmittag

lass ich die Träume fliegen,

der Abend weiß, dass ich dich
mag

und nachts will ich dich lieben.

„Für Hans" hatte Herr Hellas in großen
Lettern darüber geschrieben, aber dann die drei
letzten Buchstaben bis zur Unkenntlichkeit
durchgestrichen.

Bis in die Morgenstunden liegt Herr Hellas
wach und denkt an vergangene Tage: Auf der
Klassenfahrt nach Griechenland hatte er damals
sein Glück wagen wollen. Das war tatsächlich
das einzige Mal, dass Herrn Hellas' Füße
griechischen Boden berührt haben, seine
Abschlussfahrt als Gymnasiast. Jetzt erinnert er
sich daran: Herr Hellas steht auf der
Peloponnes, er atmet korinthische Luft, er fühlt
hellenischen Geist und weiß: Sein Glück liegt
hier in diesem Sand und ganz in diesem
Augenblick. Den Schülern war eine Stunde zur
freien Verfügung gegeben. Herr Hellas folgt
Hans Kröger wie ein läufiger Hund. Die bil-

dungsunwilligen Mitschüler – also alle, so scheint es Herrn Hellas - lassen sich unter Olivenbäumen und im Schatten einzelner Agaven nieder, selbst die Lehrer hocken auf einer Bank und bewegen sich in der Hitze nicht mehr. Nur Hans Kröger und Herr Hellas nicht, sie erkunden den Ort. Die Quelle von Pirene möchten sie sehen, umgeben von hohen Wänden aus Stein, umflutet von kaltem Wasser. Ein mystischer Ort: Hier wird Herr Hellas seinen Gefühlen Raum machen, hier ist ein Refugium, um die Liebe zu entdecken. Die Knaben lehnen im Schatten. „Ich habe mich verliebt", bricht es aus Herrn Hellas hervor und unversehens entgegnet der kleine Kröger, ihm gehe es ebenso, auch er habe sein Herz verloren. Wohin die Liebe falle, man könne nichts gegen seine Gefühle. Er, Hans Kröger selbst, immerhin sei machtlos, vor allem dann, wenn er in diese Augen sehe, vergesse er alles um sich herum und wisse nicht mehr, wie er sich verhalten solle. Herr Hellas fühlt sein Herz wachsen, er greift die Hand des Mitschülers, worauf Hans Kröger fortfährt, die Liebe sei eine seltsame Sache, er habe sich alles immer anders vorgestellt, irgendwie begreiflicher oder wenigstens nachvollziehbarer, doch die Liebe habe sich wie ein Zaubermantel über ihn gelegt: „Wenn sie Shakespeare liest, zittert ihre Stimme." flüstert Hans Kröger schüchtern. Die Zeit bleibt einfach stehen. Hat er „sie" gesagt? Hat er von einer Frau gesprochen? Oder hat Herr Hellas sich verhört? Ist Hans Kröger gar nicht in ihn verliebt? Hat er sich so in ihm täuschen können? Was wie ein Versprechen begonnen hat, ist heute nicht einmal eine Anekdote wert.

Herr Hellas hat sich nicht verhört, seine Ohren haben ihn leider nicht getäuscht. Hans Kröger schwärmt nicht für ihn. Er hat die Liebe mit Herrn Hellas nicht einmal in Erwägung gezogen. Er hat ihn gar nicht beachtet. Niemals ist Herr Hellas so tief verletzt worden. Ein Liebesgeständnis hat er formulieren wollen, einen Korb hat er bekommen. Der Doktorand erinnert sich genau an diesen Tag irgendwo in Griechenland: Eilends machte er sich davon. Abstand! Trennung! Er stand auf und ging. Hans Kröger fragte ihn mehrfach, an wen Herr Hellas sein Herz verloren habe, ohne eine

Antwort zu bekommen, er ermunterte ihn zu einer längeren Unterredung, er rief ihm nach, doch Herr Hellas ging, so schnell die Hitze ihn vorankommen ließ, und machte erst auf einer Anhöhe mit Blick zum Meer Halt. Seine Gefühle zurückgewiesen! Sein Stolz gebrochen! Seine Hoffnung mit Füßen getreten! Nie wieder – und das schwor Herr Hellas sich mehrfach - nie wieder würde er einem anderen Menschen Macht über sich geben wollen.

Zwei Stunden ließ Herr Hellas sich – auf einem Staubhügel stehend - von Lehrern und Mitschülern suchen. Als man ihn entdeckte, wollte er auf keine Frage antworten und noch am selben Abend weigerte er sich, mit Hans Kröger das Zimmer zu teilen. Mitschüler haben sich gewundert, Lehrer gerieten in Sorge, doch Herr Hellas sprach kein Wort. Als man am nächsten Tag ein Kloster in der Nähe von Patras besuchte, betete Herr Hellas zu Gott, dass Hans Kröger aus seinem Leben verschwinden solle, darauf hoffte Herr Hellas, ohne zu ahnen, dass die Götter seinem Gebet Gehör schenken würden.

Mit vierzehn verliebte sich Hans in die Englischlehrerin, mit fünfzehn in die Tochter eines Obsthändlers, mit sechzehn war sie schwanger und der junge Kröger ging von der Schule. Er begann eine Lehre, um Geld für seine junge Familie zu verdienen. Und damit verlor sich der Kontakt zu Herrn Hellas. Lange hat Herr Hellas damals mit sich gehadert, wie er mit der Sache abschließen solle.

Noch während der Klassenfahrt versuchte Herr Hellas in Griechenland, sich selbst davon zu überzeugen, dass diese Sache mit Hans Kröger ohnehin nur eine Unsinnigkeit gewesen sein konnte. Gefühle, woher denn, eine Hitzigkeit vielleicht, eventuell Leichtsinn, Freundschaft möglicherweise, aber alles andere als Liebe. Eine Bekanntschaft am Rande, so würde er diese Episode in seiner Erinnerung behalten wollen, eine lockere, lose Bekanntschaft. Und der Verlust einer solchen durfte Herrn Hellas auch nicht schmerzen. Hans Kröger aus seinem Leben zu verbannen, war vielmehr ein Gewinn, jawohl, ein Gewinn an Einsicht und Vernunft. Wohin hätte Hans Kröger ihn gebracht? Er, Hellas, der Streber aus dem Bilderbuch mit diesem Jungen! Nein, niemals hätte Herr Hellas das gewollt, für eine solche Liebschaft, für einen solchen Skandal wäre er sich zu schade gewesen. Niemals habe Herr Hellas sich zu Kröger hingezogen gefühlt, das Gegenteil sei der Fall gewesen, natürlich! Herr Hellas habe nie dessen Nähe gesucht, er habe Hans nie verehrt und nicht einmal für ehrenwert gehalten, er habe ihn gemieden, wo es nur möglich war. Krögers Besserwisserei sei für ihn eine Zumutung, seine Innigkeit mit der Englischlehrerin eine Dreistigkeit gewesen. Und bei genauerer Betrachtung war Herr Hellas sich mit einem Mal sicher: Immer war er Hans Kröger aus dem Weg geschlichen, doch dieser Junge ohne Anstand und Sittlichkeit hat ihm nachgestellt, jawohl, Kröger hat ihn geradezu bedrängt, da er vermutlich zu viel für ihn, Hellas, empfunden hat und gar nicht wusste, wohin mit seinen Gefühlen. Ja, Herr Hellas verstand sich bereits als Knabe darauf, den Dingen eine eigene Bedeutung zu geben.

Am Ende der Griechenlandreise hatte Herr Hellas sein Gewissen beruhigt und allen inneren Hass ganz auf Hans Kröger abgeschoben. Damit stand fest, Herr Hellas hatte alles gegeben, um Krögers Annäherungen abzuwehren. Herr Hellas überzeugte sich selbst so sehr in seinen Versicherungen, diesen Jungen nie geliebt zu haben, dass er am Schluss ins Zweifeln geriet, ob jenes Gespräch an der Quelle von Pirene überhaupt stattgefunden hatte.

Das alles ist lange her und Herr Hellas hätte wohl gar nicht mehr an Hans Kröger gedacht, hätte er nicht heute vor dem Fenster des Blumenladens gestanden. Die Sehnsucht aus der Ferne hatte sich schnell verlebt. Als Hans Kröger damals die Schule verlassen hatte, um für den Unterhalt seines unehelichen Kindes zu sorgen, konnte Herr Hellas einige Tage gar nicht mehr schlafen und essen. Wenn er seine Augen schloss, sah er immerzu Hans Krögers Gesicht vor sich. Hans Kröger, wie er liest; Hans Kröger, wie er erzählt; Hans Kröger, wie er schweigt; Hans Kröger, wie er die Englischlehrerin anfasst und dann die Tochter des Obsthändlers, Hans Kröger, Hans Kröger und immer wieder Hans. Erst nach einigen Wochen konnte Herr Hellas die Augen wieder schließen und hat auch andere Dinge gesehen außer Hans Krögers Gesicht. Und kaum war ein halbes Jahr vergangen, hatte Herr Hellas den Mitschüler fast vollkommen vergessen, sogar sein wunderschönes Gesicht. Wenn Herr Hellas jetzt die Augen schloss, konnte er sich selbst mit viel Mühe Hans Krögers Gesicht nicht mehr vorstellen. Es war irgendwo im Dunkeln verschwunden. Dort kann es bleiben.

Am Montag ist Herr Hellas erleichtert, wieder in die Bibliothek zu können, um durch wissenschaftliche Studien in den Alltag zurück-zufinden. Nach langen Stunden im Lesesaal geht er abends aber nicht unmittelbar in seine Wohnung, er macht Halt am Gewerbegebiet, denn er möchte sich bei einem Schnellimbiss verpflegen. Vereinzelt halten Fernfahrer, doch mit Kommilitonen muss Herr Hellas hier nicht rechnen. Es verspricht ein schöner Abend zu werden: Fladenbrot mit Fleisch und um Gottes Willen bloß keine unnützen Gespräche.

Und nun soll der Doktorand gerade an diesem Ort eine gewinnbringende Entdeckung machen: Herr Hellas sitzt in seinem Wagen und starrt auf die Sonnenschirme mit einer türkischen Werbeaufschrift bedruckt. Er denkt an die fremdsprachigen Pornofilme, die er zuhauf gesehen hat, und muss lächeln. Fast heimelig wird ihm am Dönerstand. Herr Hellas verbeißt sich in das Fladenbrot seines Döners, den er mit extra viel Fleisch bestellt hatte, weil der Konsul Volusius ihm eindringlich dazu geraten hatte. Als er von der Nahrungsaufnahme aufsieht (dass weiße Soße auf seine Oberschenkel getropft ist, bemerkt Herr Hellas erst später), entdeckt er in einiger Entfernung an der Ladezone eines Supermarktes Frau Fröhlich lehnen. Freilich will Herr Hellas nicht gesehen werden, also schielt er nur mit einem Auge aus dem aufgeklappten Sonnenschutz hervor. Doch im Gegenlicht wird seine Kollegin ihn ohnehin nicht erkennen können. Frau Fröhlich lächelt in der Abendsonne. Sie scheint zu warten, aus der Entfernung eine zierliche Person. Jetzt kann Herr Hellas selbst nicht begreifen, warum er in ihrer Nähe so viel Angst verspürt. Was kann sie ihm anhaben, ihm einem Koloss von Mann? Noch mehr lächelt Frau Fröhlich nun, als ein roter Alfa-Romeo neben ihr hält und eine blonde Frau aussteigt.

Die beiden fassen sich an den Schultern und Herr Hellas überlegt, wie er diese Begegnung zu deuten habe: Als sich die beiden Frauen küssen, gerät Herr Hellas doch in Erregung. Hin- und hergerissen zwischen Ekel und Faszination kann Herr Hellas seine Augen nicht abwenden. Die Küsserin ist wohl so einige Jahre älter als Frau Fröhlich, das kann Herr Hellas auch aus der Entfernung erkennen, aber eine attraktive Person, auch das nimmt Herr Hellas zur Kenntnis, mit blonden, halblangen Haaren, die elegant um ihr Gesicht spielen. Er sitzt da und beobachtet Frau Fröhlich und die fremde Küsserin, die ihm bekannt vorkommt. Doch er hat zu diesem hübschen Gesicht keinen Namen. Vielleicht eine Dozentin aus einem anderen Institut? Herr Hellas wird sich umsehen müssen. Als die beiden Damen wegfahren, kauft Herr Hellas sich einen zweiten Döner und der Budenverkäufer verrät, dass die Frauen sich oft hier treffen. „Immer gucken!", meint er zu Hellas. Der Doktorand nickt und lässt sich den zweiten Döner einpacken. Und gucken wird Herr Hellas natürlich! Selbst Seneca rät ihm dazu, die

Augen offen zu halten, um herauszufinden, mit wem Frau Fröhlich sich diesmal eingelassen hat.

Als Herr Hellas am folgenden Tag das kleine Studententheater zur Probe betritt, ist er der festen Überzeugung die geforderten Regieanweisungen zu meistern. Mögen seine Kommilitonen grinsen, Herr Hellas wird seinen Mut zusammennehmen und tun, was man von ihm verlangt. Zu Beginn wird über den Probenplan diskutiert. Herr Hellas sitzt mit den anderen Schauspielern im Zuschauerbereich und wartet. Er richtet seine Aufmerksamkeit nicht auf die Bühne, ihn interessiert Frau Fröhlich. Im Mantel des Zuschauerraums kann er sie ungeniert mustern. Sie sitzt leicht versetzt eine Reihe vor ihm. Er kann ihr Profil studieren: Ihre Nase wirkt zu groß und ihre Hände sind schmal, die Fingernägel gefeilt, hexenartig, findet Herr Hellas, und auch Volusius schließt sich seiner Meinung an. Ihre Brüste zeichnen sich kaum unter dem dicken Strickpulli ab. „Flieder", flüstert plötzlich Frau Fröhlich, indem sie sich unvermittelt zu ihm umdreht. Noch jetzt habe sie den Geschmack von Flieder auf den Lippen, erklärt Frau Fröhlich und Herr Hellas ist froh, dass er auf die Bühne gerufen wird, um das Gespräch höflich unterbrechen zu können. „Dritter Akt, sechste Szene", lautet die Regieanweisung und Tigellinus applaudiert: „Oberschenkel streicheln". Frau Fröhlich thront vor ihm, ihren Text beherrscht sie, ihren Körper auch, Herr Hellas nähert sich ihr, jetzt gilt es, sein Gesicht zu wahren, Tigellinus gibt Brunftrufe von sich. Wie es die Regie aufgetragen hatte, umfasst er ihre Knöchel, streicht dann über die Knie und schiebt die dem Publikum zugewandte Hand dann auf der Innenseite ihrer Oberschenkel so lange nach oben, bis Frau Fröhlich ihm eine Ohrfeige verpasst, wozu eine Regieanweisung sie berechtigt. „Gut. Weiter mit drei, sieben", sagt die Stimme des Regiepults. Er hat es geschafft, es gab nichts zu beanstanden. Herr Hellas ist zufrieden. Heute hat er es allen gezeigt. Denn er hat seine geschlechtliche Reife unter Beweis gestellt. Jetzt fühlt er sich gestärkt. Nach Probenende wagt er selbstbewusst, gemeinsam mit Frau Fröhlich hinauszugehen und sich zu verabschieden: Das Fliederparfum gehe ihm nicht mehr aus dem Kopf, sagt er, indem er ihr die Tür aufhält. Und schon lächelt Frau Fröhlich wieder mit diesem Ausdruck, den Herr Hellas wenig leiden kann: Nein, von einem Parfum habe sie nicht gesprochen, meint sie, da müsse der Doktorand sie falsch verstanden haben, er solle besser einmal seine Phantasie spielen lassen, schließlich gebe es doch so allerlei Körperöffnungen, die einen bestimmten Geruch verströmten. Herr Hellas schluckt und sieht seine Bühnenpartnerin aus der Entfernung in ein rotes Auto steigen und davonfahren. Alle Senatoren reden durcheinander. Herr Hellas hat darüber ganz vergessen, wohin er gehen wollte. Vielleicht ist ein Döner auch in dieser Situation tatsächlich das Tröstlichste.

Man müsse üben, rät sogar Volusius, üben! Es sei an der Zeit, Erfahrungen zu machen. Er könne sich nicht täglich von seiner Kollegin vorführen lassen, weil ihm seine Unerfahrenheit ins Gesicht geschrieben stehe. Aber nicht an verdorbenem, menschlichem Material, meint Seneca und Herr Hellas denkt mit Entsetzen an sein Erlebnis im Bordell, nein man müsse im

Neutralen üben. Herr Hellas fragt Tigellinus nach seiner Meinung und der empfiehlt ihm, vor der ersten Schlacht ein Manöver durchzuführen. Und da Herr Hellas ihn nicht sofort versteht, fährt Tigellinus fort. Bevor er sein Schwert in echtes Fleisch schlage, solle er lieber an leblosem Material üben. Er solle einen Fachhandel für Sexspielzeuge aufsuchen und zwischen Dildos, Vibratoren und Penisringen nach einer aufblasbaren Puppe Ausschau halten. Die sei appetitlich, da unbenutzt, hygienisch zu reinigen, bei Bedarf einfach zu entsorgen und falle auch nicht durch Unterhaltung lästig, wie Frauen das bisweilen täten. Und so beschließt Herr Hellas im Einvernehmen mit dem Senat, eine Puppe zu kaufen und an ihr alle Übungen, wie Ovid sie beschreibt, zu exerzieren. Tigellinus rät, der Senat beschließt und Herr Hellas ist begeistert: Dieser Puppe will er über die Wange streichen und über die Brust, er wird ihr seinen Tacitus vorlesen, seinen Schwanz hineinstecken und - oh Gott sei Dank - er wird nicht mit ihr sprechen müssen. Sie ist kein Mensch! Sie ist Kunststoff, wertvolles lebloses Material. An eine Puppe könnte man Gefühle investieren, sie würde ihn nicht demütigen, nicht drängen und nicht belästigen. Und ganz im Geheimen sagt Tigellinus zu Herrn Hellas, dass diese Puppe ihn nie enttäuschen und seine Gefühle zurückweisen würde, sie sei seiner wert. Oft geht er daraufhin am Schaufenster eines Erotik-geschäftes vorbei: Dort ist eine Puppe ausgestellt, sicherlich hätte man dasselbe Produkt auch online zum halben Preis kaufen können, doch Tigellinus hat andere Pläne. Herr Hellas hört eine geniale Rede des Feldherrn Agricola über die Niedrigkeit barbarischer Völker und die Würde des echten Römers, daraufhin rät Tigellinus dem Doktoranden, bei der anstehenden Exkursion des Institutes nach Rom eine Puppe zu kaufen. In der Anonymität der Großstadt könne Herr Hellas sich ein wenig umsehen und dann die Puppe seiner Wahl kaufen. „Sie soll Römerin sein", ruft Tigellinus und alle anderen Senatoren applaudieren so laut, dass Herr Hellas dem Telefonat mit seiner Mutter nicht mehr folgen kann und den Hörer einfach auf die Gabel legt, obwohl die alte Dame sich noch gar nicht verabschiedet hat.

Und auch wenn Herr Hellas an der Exkursion nach Rom ursprünglich gar nicht hat teilnehmen wollen, schließlich behagt ihm die Hitze im Süden nicht, steht sein Entschluss , die ewige Stadt zu besuchen.

Tatsächlich bleibt ihm nicht mehr lange bis zum Beginn der Fahrt. Zum ersten Mal soll Herr Hellas nach Rom. Es sollen goldene Tage werden. In Rom werde er sie kaufen, nickt der angehende Professor! Sie muss Römerin sein, sie soll Livia heißen und von all seinen Träumen wissen, auch von seinen ungewöhnlichsten, sie soll in ihrer antiken Aura Herrn Hellas´ Lust in Wallung bringen und ihn dann von seinen Schwellungen erlösen.

Und des Abends vor der Abreise liegt Herr Hellas in seinem Bett, legt seinen Tacitus auf seinen dicken Bauch, streift mit der Hand über die lederne Hülle und sagt sich dann: „Bald bist du da!"

Er sehnt sich nach diesem Stück Plastik, wie andere Menschen nach Zärtlichkeit, er freut sich auf ihre kalte Oberfläche und ihren starren Blick. Lange Zeit kann er gar nicht einschlafen, so ungewöhnlich nervös ist Herr Hellas, wie andere Menschen vor - weiß der Teufel was. Und ohne sich eine Ausrede überlegen zu müssen, kann er Frau von Rothen im Treppenhaus davon überzeugen, dass es unsinnig sei, die Nachhilfe für ihre Tochter kurz vor seiner Romexkursion zu beginnen. Aber sobald er zurück sei, werde er bestimmt Zeit für das Mädchen finden. Zum Abschied war ihm Frau von Rothen mit ihren lackierten Fingern durchs Haar gefahren und Herr Hellas konnte den Duft ihres Parfums atmen.

Die Studienreise nach Rom beginnt, wie Herr Hellas befürchtet hatte, mit Kommunikation! Man fährt mit dem Nachtzug und führt Gespräche: In Herrn Hellas´ Abteil sitzen neben einigen unbedeutenden Kommilitonen der Professor mit der großen Brille und Frau Fröhlich, die das das Gespräch sofort an sich reißt. Sie erzählt von ihren Erfolgen und Erlebnissen, sie rezitiert Rilke und Herr Hellas ist erschüttert, dass hohe Literatur so banal sein kann. Auf seine Beobachtungen im Gewerbegebiet will Herr Hellas natürlich nicht eingehen, wenngleich er gerne wüsste, wer die fremde

Küsserin gewesen ist. Und während Frau Fröhlich davon erzählt, wie schön es sei, in den Schlaf gesungen zu werden, kann Herr Hellas wieder nur feststellen, dass diese Person für ihn ein großes Rätsel bleiben wird. Ihr Lachen hat nichts mit Herrn Hellas´ Dasein gemein. „Du musst das Leben nicht verstehen, dann wird es werden wie ein Fest!", zitiert Frau Fröhlich und die Kommilitonen verweisen auf die Nähe zum Epikureismus. Frau Braunmeier referiert, wie wichtig es sei, der nächsten Schülergeneration die Schönheit der lateinischen Sprache beizubringen, und Herr von Aue versucht tatsächlich ein Gespräch über die Stoffvertei- lung im neuen Lehrplan zu sprechen. Zu viel der Banalitäten! Herr Hellas merkt skeptisch an, dass es doch keine Lebensaufgabe sein könne, mit Sechstklässlern die einfachsten Verben bis zum Erbrechen zu konjugieren. Ob man dafür wirklich studieren müsse, fragt er und hat tatsächlich ein paar Lacher auf seiner Seite. Dann reißt wieder Frau Fröhlich das Gespräch an sich, erhebt ihr Plastikglas auf die Freundschaft und ruft dann laut in die Gruppe: „Sind wir nicht alle kleine Schweinchen

Epikurs?" und wieder lacht ihre Zuhörerschaft. Alle prosten sich zu und sind sich einig, dass ein wenig Bildung selbst beim gemeinsamen Besäufnis nicht verkehrt ist.

Dass das tägliche Leben derart banal sein kann, ist für Herrn Hellas kaum erträglich. Immer wieder geht der angehende Professor hinaus, stellt sich ans offene Fenster und lässt sich den Wind durchs Haar wehen. „Du musst das Leben nicht verstehen!", wiederholt Frau Fröhlich, die nun auch aus dem Abteil getreten ist und Herrn Hellas Gesellschaft leisten wird, ob aus Mitleid oder aus Provokation lässt sich schwer sagen. Warum sie denn ihre Partnerin nicht mitgenommen habe, möchte Herr Hellas wissen und erhofft sich weitere Einblicke. Tatsächlich schweigt Frau Fröhlich für ihre Verhältnisse unglaublich lang, sieht betreten auf den Boden und wirkt fast ein wenig verwirrt. Herr Hellas fügt hinzu, die Damen nur einmal aus der Entfernung gesehen zu haben. Leise antwortet Frau Fröhlich: „Sie musste ihren Mann begleiten." Herr Hellas kann seine Verwunderung kaum unterdrücken. „Du musst das Leben nicht verstehen, dann wird es werden wie ein Fest!" flüstert Frau Fröhlich und hat dabei wieder dieses Lächeln auf den Lippen, das Herr Hellas gar nicht mag. Und schon schiebt sie die Türe des Abteils auf. Herr Hellas schluckt seine Verwunderung hinunter und scheint erneut ein paar Kilo schwerer. Nun muss der angehende Professor ein Gespräch über die Fremdsprachenfolge am Gymnasium, über Sonnenbrillen und italienisches Essen über sich ergehen lassen. Im Senat diskutiert man derweil über Frau Fröhlichs moralische Integrität. Volusius beanstandet den Ehebruch als etwas Sittenwidriges, Seneca referiert über die Macht der Triebe und Tigellinus spricht der Doktorandin seine ganze Verehrung aus, schließlich wisse sie den Epikureismus wahrhaft auszuleben und dann beginnt auch Tigellinus Rilke zu zitieren und zu singen. „Du musst das Leben nicht verstehen!", ruft Herr Hellas laut und ungewöhnlich fröhlich. Das Abteil verstummt. Offenbar scheint Herrn Hellas´ Einwand nicht recht zu passen, doch hat er den Gesprächsfaden längst verloren. Der Professor mit der großen Brille erkundigt sich, ob der

Doktoranden wohl etwas nervös sei angesichts der langen Reise. Doch Tigellinus singt weiter, Herr Hellas ist fast ein bisschen glücklich und schreit „Prosit" in die Runde, bis alle lachen und Frau Fröhlich die nächste Flasche öffnet.

So gestaltete sich die Anreise nach Rom! Auf dem Nachhauseweg war Herr Hellas noch ein bisschen glücklicher. Dass er die wichtigsten Sehenswürdigkeiten der Stadt einfach ausgelassen und sich lieber in den Shoppingmalls herumgetrieben hat, spielt hierbei keine Rolle. Wieder diskutiert man über Banalitäten wie Leberwürste, Sichtbeton, Architektur im Allgemeinen und Rilke, obwohl Herr Hellas gar nicht mehr weiß, wie das Gespräch auf den Dichter gekommen ist. Und ähnlich wie auf der Hinreise ist Herr Hellas erneut verwundert, dass Akademiker so banal sein können. Wieder geht er aus dem Abteil, stellt sich ans offene Zugfenster und während der Wind sein Haar durchstreift, flüstert Herr Hellas in den Abendhimmel: „Du bist ja da!" Denn zusammengeklappt auf wenige Zentimeter liegt sorgsam im Koffer verpackt seine Livia, die Dame seines Herzens, die stumme Römerin.

Niemals werde sie die Sprache in den Dienst von Schmutz und Trieben stellen, freut sich Volusius, sie sei rein und unschuldig. Diese Lippen habe nie ein anderer geküsst, ihren Hals nie ein anderer umfangen. Sie sei ein Engel mit braunem Kunststoffhaar, schreit Tigellinus dazwischen und Herr Hellas bebt vor Freude. Als der angehende Professor ins Abteil zurückkommt, verstummen die Kommilitonen und der Doktorand weiß, man hat über ihn gesprochen. Gleichgültig setzt sich Herr Hellas auf seinen Platz. Was interessiert ihn das Gerede der anderen? Volusius erinnert ihn an Livia und Herr Hellas legt seine Hand auf seinen Schoß, um seine Erregung zu verbergen. Zu Hause angekommen, ist Herr Hellas tatsächlich Frau Fröhlich mit ihrem Koffer behilflich, was den Doktoranden selbst verwundert. Und als die Reisegruppe auseinandergeht, zischt Frau Fröhlich noch zu Herrn Hellas: „Nun hat das Warten ein Ende!" Dabei zwinkert sie ihm zu. Herr Hellas überlegt, ob sie ihn wohl beim Kauf seiner Livia beobachtet habe. Doch als ein roter Alfa-Romeo um die Ecke biegt, weiß er, dass sie von sich selbst gesprochen hat. Frau Fröhlich schwingt sich auf den Beifahrersitz und beginnt sofort die Fahrerin zu küssen. Das kann Herr Hellas deutlich erkennen. Dann zischt der Wagen mit kreischenden Reifen davon.

Endlich in seiner Wohnung angekommen, lässt Herr Hellas alles Gepäck im Flur stehen. Nur die kleine Plastiktüte nimmt er mit in sein Schlafzimmer. Hier darf er zum Zuge kommen und die zusammengefaltete Livia in Gebrauch nehmen. Es ist ein großer Tag für Herrn Hellas. Er hat die Verpackung beiseite geworfen, das ersehnte Stück Plastik herausgenommen und sofort zu blasen begonnen. Sie ist schön, findet Herr Hellas: dunkles Haar und dunkle Augen, genau wie die Frauen Roms, von denen Herr Hellas keine einzige angesprochen hat. Der Tigellinus in Herrn Hellas´ Kopf mahnt den angehenden Professor schneller zu blasen, die Brüste sollen noch draller werden, die Schenkel noch fester und Herr Hellas schnauft wie ein Mastbulle und stößt seinen geilen Atem in das schmale Plastikventil. Seneca erinnert an Tugend und Enthaltsamkeit, aber davon will Herr Hellas jetzt nichts hören. „Halts Maul!"

schnauft er und pustet kräftig weiter. Endlich steht sie vor ihm, die Römerin aus Plastik, Livia. Man hätte sich romantisch einrichten können, freilich, Kerzen vielleicht, ein Paar Rosenblätter auf dem Bett, meint Volusius. Aber nein! Wozu? Wieder sagt der Tigellinus in Herrn Hellas Kopf: „Stoß zu!" und der Bulle Hellas schnürt den Gürtel auf, lässt die Hosen runter und aufgepumpt wie seine Plastiklivia stöhnt der dicke Student: „Du bist ja da!" Er wirft sich auf die Römerin und spürt gerade noch, wie sein Schwanz von starrem Plastik umgeben wird. Doch so unglaublich es klingen mag, Herrn Hellas´ Welt zerplatzt. Die edle Plastiklivia kennt eine Maximalbelastbarkeit von 150 kg. Mitleid kennt sie nicht, aufgeplatzt die Naht, der Traum ist tot und Herr Hellas liegt auf einem großen Stück Plastik, aus dem heiße Luft entweicht.

„Kaputt", ruft Tigellinus und der Elegiker Properz rezitiert seine traurigen Verse: „Der Tod ist nicht das Ende". Herr Hellas steht am Fenster, wie er es immer tut und betrachtet sein Spiegelbild. Als es tagt, steht Herr Hellas immer noch am Fenster. Das ist sein Platz:

Hinter dem Glas stehen und beobachten, was draußen passiert. Er sieht hinunter in eine Welt, die nicht die seine ist. Ob in Rom, Athen oder Heidelberg, die Welt bleibt fremd und wie man es einmal beschlossen hatte, ein Forum externum, die anderen, die Hölle! Noch bis zum Mittag steht er am Fenster, bis Volusius ein wenig Mitleid mit dem Doktoranden bekommt und ihm ein paar Rilkeverse vorsagt:

"Das ist mein Fenster. Eben

bin ich so sanft erwacht.

Ich dachte, ich würde schweben.

Bis wohin reicht mein Leben,

und wo beginnt die Nacht?"

Am folgenden Tag hat Herr Hellas sich eine Portion Eis gekauft und kommt damit durch das Treppenhaus. „Sie müssen schneller essen!", sagt eine Frau und Herr Hellas kann die Stimme gar nicht recht zuordnen. Tatsächlich aber stellt sich Frau von Rothen neben den Doktoranden und lächelt. Aus der Nähe betrachtet erkennt man ihr Alter deutlicher: die kleinen Falten unter den Augen, ein müder Blick! Frau von Rothen versucht die weißen Flecken auf Herrn Hellas Jacke wegzuwischen. „Ach!", schnauft er. „Ja, das sei schon etwas", erläutert Frau von Rothen, „aber die wirklichen Sorgen kämen erst, wenn man Kinder habe." Jetzt beginnt wieder ihre übliche Litanei. Sie berichtet von der schlechten wirtschaftlichen Lage, dem Konkurrenzkampf der Makler und natürlich wieder von ihrer Tochter. Corinnas Ausbilder seien vollkommen hilflos, sie wisse nicht mehr, was sie als Mutter noch tun könne, und dann bittet sie Herrn Hellas ein weiteres Mal, mit Corinna zu lernen. Sie sind so klug", sagt Frau von Rothen. Herr Hellas nickt. Wann sie das Mädchen bei ihm abgeben dürfe, möchte Frau von Rothen wissen. Sie würde sich schon erkenntlich zeigen, den letzten Satz flüstert sie fast. Tigellinus ermuntert Herrn Hellas, sich mit der Maklerin bald zu verabreden, sie könnte seine Plastikpuppe gut ersetzen und sei auch nicht so empfindlich wie das Kunststoffweib. Und Herr Hellas ist so ins Grübeln vertieft, dass er der Maklerin gar nicht antwortet. So verkündet Frau von Rothen kurzerhand, ihre Tochter die nächsten Tage einfach einmal vorbeizuschicken. Herr Hellas nickt wieder. Tigellinus spricht schließlich immer noch und auf so vieles gleichzeitig kann der Doktorand sich nun auch nicht konzentrieren.

Doch ehe es dazu kommt, wird Herr Hellas am ersten warmen Frühlingsabend eine wichtige Entdeckung machen, denn für diesen Tag ist das Sommerfest des Institutes angesetzt. Alle Professoren der einzelnen Fachrichtungen werden anwesend sein, auch ihre Assistentinnen und Assistenten sowie die akademischen Räte. Der kleine Innenhof zwischen den Betonfluchten wird mit Efeu dekoriert, nachdem zahlreiche, teils halb verweste Tauben entfernt worden waren. Tische und Bänke wurden aufgestellt. Herr Hellas war pünktlich eingetroffen, hatte aber nicht gleich einen Platz gewählt, schließlich will er am richtigen Tisch sitzen, nämlich an dem seines Doktorvaters. Dieser kam verspätet, füllte sofort seinen Teller und setzte sich an den ersten Tisch neben dem Buffet, um ohne Aufwand stets einen Nachschlag nehmen zu können. Herr Hellas verneigt sich vor seinem Doktorvater und bittet, Platz nehmen zu dürfen, und ist selbst ein wenig schockiert über sein demütiges Verhalten. Kurze Zeit später erscheint der Ordinarius für Archäologie mit seiner Frau, die Herrn Hellas zwar bekannt vorkommt, die er aber – so sehr er sich auch müht - nicht zuordnen kann: Halblange blonde Haare, die wirr um ihr Gesicht spielen. Das Ehepaar setzt sich an Herrn Hellas´ Tisch und die beiden Professoren beginnen sofort eine angeregte Unterhaltung über den dorischen Ecksäulen-konflikt.

Herr Hellas wird indes seine gesamte Auf-merksamkeit der Frau des Archäologieprofes-sors zuwenden: Er kennt diese hellen Haare, ihre schmale Figur. Sie nimmt am Tischge-spräch offenbar wenig Anteil, hin und wieder lacht sie über einen Witz ihres Mannes, etwas lauter als üblich, als wolle sie ihren guten Willen demonstrieren. Von Zeit zu Zeit nippt sie an ihrem Weißwein, dann beschäftigt sie sich mit einer Kerze, sie taucht ihren Zeigefinger in das flüssige Wachs und lässt es trocknen. Der Archäologieprofessor versucht sie ins Gespräch einzubinden, er legt seinen

Arm um ihre Hüften und erkundigt sich, ob sie sich noch an das Erechtheion erinnern könne. Sie nickt, während ihr Mann ihre Wange küsst. Dann widmet sie ihre ganze Aufmerksamkeit erneut dem Kerzenwachs. Ihr fast müder Gesichtsausdruck ändert sich, das hat Herr Hellas deutlich beobachten können, als Frau Fröhlich den Innenhof betritt. Auch sie setzt sich an den Tisch ihres Doktorvaters und auch sie verneigt sich. Sie buckelt genau wie ich, denkt Herr Hellas bei sich und lächelt.

So geht der Abend dahin: Die Professoren sprechen über griechische Bauinschriften und etruskische Grabmalerei, während Frau Fröhlich die Gattin des Archäologen besser zu unterhalten scheint. Die beiden Frauen lachen und scherzen und natürlich ist es Herrn Hellas nicht entgangen, dass Frau Fröhlich ihre Hand lange auf dem Oberschenkel ihrer Gesprächs-partnerin liegen lässt. Natürlich vermutet Herr Hellas sofort, dass sich Frau Fröhlich durch ein anregendes Gespräch mit der Frau ihres Doktorvater Vorteile für ihr Dissertationsvorha-ben erschleichen wird. Vermutlich liegt es an Frau Fröhlich, dass man das Gesprächsthema allmählich wechselt, und so werden mit zunehmendem Weingenuss letztlich nur noch Banalitäten besprochen. Herr Hellas verstummt ganz. Zuletzt grölen die Professoren ihre guten Ergebnisse bei den Wetten im Motorsport in den Abendhimmel und der sonst etwas dezente Archäologieprofessor klopft seiner Gattin auf die Schultern und ruft: „In einem sagenhaften Rot, das zu diesen sagenhaften Lippen passt, habe ich meiner Frau ein Auto gekauft, einen Alfa-Romeo-Giulietta!" „Bravo!", ruft Tigellinus. „Bravo!", schreit er dann auch den anderen Senatoren zu, „bravo, wenn die Konkurrenz sich selbst disqualifiziert." „Ein Verhältnis mit der Frau des Doktorvaters!", rufen nun auch die anderen Senatoren!" „Wenn sich daraus kein Vorteil ziehen lässt!", schreit Tigellinus dazwischen. Und mit einem Mal schreien alle Senatoren durcheinander, manche beginnen sogar zu singen, Herr Hellas muss grinsen. „Bravo!", ruft auch er und hebt sein Glas. Die anderen sehen ihn verwundert an. Offenbar ist das Tischgespräch schon weiter und Herr Hellas hat es nicht mitbekommen. Es ist ihm ganz gleich, er widmet sich wieder seinen Gedanken. Tigellinus pfeift fröhliche Lieder und sogar Seneca findet an diesem Abend überhaupt nichts zu meckern. Als der Doktorand sein Forum internum verlässt, haben die Aufräumarbeiten durch die studentischen Hilfskräfte längst begonnen und die Professoren, Assistenten und Räte das Fest bereits verlassen. Doch Herr Hellas weiß: Mit dem heute gewonnenen Wissen wird sich ein wichtiger Kampf schlagen lassen. Er wird lediglich Beweise sammeln müssen und den rechten Augenblick abwarten. Seine Stellung im Institut ist gesichert.

Teil 2 - Die Mädchentragödie

An das erste Treffen mit Corinna kann Herr Hellas sich genau erinnern. Es ist der Montag eines Juninachmittags, Schwüle liegt in der Welt, in Herrn Hellas´ Wohnung ist es angenehm kühl, schließlich hat er die Rollläden fast vollständig geschlossen. Immer wieder hat ihn Frau Rothen darum gebeten, ihrer – wie sie zu sagen pflegt – bezaubernden Tochter zu helfen.

In der Nacht hatte Herr Hellas etwas unruhiger geschlafen als gewöhnlich, schon früh war er erwacht, den Kopf voll wirrer Träume von Satyrn und Nymphen. Doch an deren Deutung wollte der angehende Professor sich nicht machen, vielmehr gilt es nun die anstehende Nachhilfeeinheit vorzubereiten. Herr Hellas ist an Perfektion gewöhnt und auch dem lernbehinderten Mädchen möchte er nicht unvorbereitet gegenübertreten, Stunden verbringt er vor dem Bücherregal, sortiert, verwirft und findet wieder. Dann kommt der Nachmittag und mit ihm Corinna.

Es klingelt und Herrn Hellas´ Herzfrequenz steigt. Schüchtern öffnet der angehende Professor die Tür und sieht: Dort steht ein Mädchen im weißen Sommerkleid. Herr Hellas sieht sie an und weiß: Sie ist nicht wie die anderen. Sie ist eine Heilige im weißen Sommerkleid. Eine einfache junge Frau, zart und jung. Und diese Jugendlichkeit, diese Unschuld, diese Reinheit trifft Herrn Hellas bis ins tiefste Herz. Er fühlt ihre Zartheit, ihre Vorsicht, ihre Angst. Er möchte ihr nicht wehtun. Herr Hellas sieht sie an, er träumt, er liebt. So ist es. Mit dem ersten Blick liebt er dieses Mädchen. Sie steht auf dem Fußabstreifer und schweigt. „Corinna!", sagt er endlich leise, fast weinerlich und gar nicht wie ein Mann. Noch immer hat er die Tür nur einen Spalt weit geöffnet, er kann seinen Blick nicht von ihr lösen, erst Minuten später bittet er sie herein und führt sie ins Wohnzimmer, bietet ihr Tee und Limonade an, aber die junge Frau verneint. Der Seneca in Herrn Hellas Kopf erklärt, der Doktorand solle seine Pflicht tun und unterrichten und schon fragt Herr Hellas, was Corinna lesen wolle. Corinna zuckt mit den Schultern, presst ihre Lippen aufeinander und schweigt. „Gott, diesen Mund müsste man küssen dürfen", poltert Tigellinus, „die Lippen, ein Meer der Unschuld!" „Wir werden gemeinsam lesen", flüstert der Doktorand, „Lesen ist der Reichtum der Seele!" Corinna zieht erneut die Schultern hoch und Herr Hellas ist fasziniert von einem solchen Übermaß an Ehrlichkeit. Für den Anfang habe er einen Reiseführer ausgewählt, erklärt er Corinna. Daraus würden sie nun lesen, die Kykladen, ein Band mit vielen Bildern und Fotographien, meint Herr Hellas, dergleichen könne einem Mädchen in diesem Alter doch gefallen. Herr Hellas denkt an die großen Sagen des Altertums, an Homer, Aischylos und Sophokles und das griechische Theater, doch Volusius erinnert ihn daran, dass das Mädchen seinen Ausführungen ohnehin nicht folgen könne.

Herr Hellas nimmt also das Reiseheft zur Hand und zeigt Corinna die Heiligtümer von Delos, der reinen Insel. „Rein", erklärt Herr Hellas „ist Delos deshalb, weil auf dieser Insel niemand sterben und niemand geboren werden durfte. Alle Zeichen der Vergänglichkeit sind aus ihr herausgelöst. Das ist der Triumph des Dionysos über den keuschen Lichtgott Apoll, verstehst du?" Doch Corinna zieht nur die Schultern hoch und starrt auf die abgebildete Fotographie. Herr Hellas blättert um und beginnt zu lesen:

> „Wiegen der Götter. Am Anfang war das Wasser – das wussten schon die Griechen, und also dachten sie sich auch die Götter ägäisgebürtig. Oder doch ihren Inseln entstammend, diesen Amphibien unter den Landgestalten, der größten zumeist, wie es sich gebührt, dem gewaltigen Kreta. Von dort stammen Zeus, Poseidon und Hades."

Herr Hellas liest und liest, Corinna hat eine Zeit lang die Photographie des Löwen von Delos angesehen und dann aus dem Fenster gestiert. Herrn Hellas sorgt ihre Antriebslosigkeit zwar, er ermahnt sie sogar, doch Corinna zieht nur die Schultern hoch und sieht ihn an.

Dann bleibt Herr Hellas stumm und beobachtet das Mädchen. Warum sie unbedingt lesen lernen soll, warum sie überhaupt schulische Bildung erlangen soll, will ihm gar nicht mehr einleuchten, schließlich sei Corinna Perfektion genug. Wozu denn Wissen erlangen, die Schönheit allein genüge, meint Tigellinus und alle Senatoren applaudieren. Nach jener ersten Nachhilfestunde, in der Herr Hellas dem Mädchen dreißig Minuten gegenübersitzt, begleitet er Corinna zu Haustür und bleibt lange danach noch an der bereits geschlossenen Tür stehen, den Hinterkopf an das Holz gelehnt.

Dann setzt sich Herr Hellas an den Tisch, denn er muss seine Gedanken zu Papier bringen, anders lässt es sich nicht ertragen. Er schreibt:

Von jetzt an 23 Stunden, 23 Stunden ohne Corinna,

ohne deine Stimme, ohne deine Augen, ohne diesen Blick.

Und meine einzige Sorge: Wie diese 23 Stunden überstehen?

Denn wie du mich angesehen hast! Zu lang.

Ein klein wenig zu lang, nein viel zu lang und fragend,

länger als üblich, länger als schicklich.

Getroffen hat mich dein Blick wie Amors goldene Pfeile,

spitz und voller Widerhaken.

„Für Corinna", hat Herr Hellas daruntergeschrieben, doch die letzten vier Buchstaben bis zur Unkenntlichkeit durchgestrichen, alles muss er notieren, jeden Augenblick will er überliefern, die Erinnerung an Corinna ist zu kostbar, nichts darf verloren gehen.

Auch am folgenden Tag hat Herr Hellas die junge Frau hereingebeten und ins Wohnzimmer gewiesen. Er geht an einen seiner Bücherschränke und greift nach einem kleinen Goetheband. „Etwas Besonderes", so erläutert der Doktorand, „will ich dir vorlesen, nach einer Weile versuchst du zu wiederholen, was ich gelesen habe, und am Ende kannst du selbst alles lesen, was du möchtest." Herr Hellas setzt sich dem Mädchen gegenüber und beginnt mit wohliger Stimme:

"Kurz und gut, ich habe eine Bekanntschaft gemacht, die mein Herz näher angeht. Ich habe - ich weiß nicht.

Dir in Ordnung zu erzählen, wie´ s zugegangen ist, dass ich eins der liebenswertesten Geschöpfe habe kennen lernen, wird schwer halten. Ich bin vergnügt und glücklich, und also kein guter Historienschreiber. Einen Engel! Pfui! Das sagt jeder von der Seinigen, nicht wahr? Und doch bin ich nicht im Stande, dir zu sagen, wie sie vollkommen ist, warum sie vollkommen ist; genug, sie hat allen meinen Sinn gefangen genommen: So viel Einfalt bei so viel Verstand, so viel Güte bei so viel Festigkeit, und die Ruhe der Seele bei dem wahren Leben und der Tätigkeit."

Herr Hellas lässt das Buch auf seine Beine fallen und betrachtet Corinna. Sie scheint ihm zuzuhören. Sie hat ihren Blick hinaus ins Freie gewandt, als sähe sie dort einen Walnussbaum. „Liest du?", fragt Corinna und Herr Hellas ist hingerissen von ihrer Stimme, von ihrer Art, die Dinge zu erfragen und überhaupt von Corinna ganz. Es ist das erste Mal, dass sie überhaupt mit ihm gesprochen hat. Herr Hellas nickt. Einige Zeit sieht der Doktorand sie an, diskutiert so lange mit Seneca und Epikur über Lust und Lustgewinn, Luststeigerung durch Lustentzug, bis er dem Mädchen am Ende nichts weiter mehr sagen kann als den Termin für die nächste Nachhilfesitzung. Corinna zieht eine Schulter hoch und deutet ein leichtes Kopfnicken an, dann verschwindet sie, leicht und unbeschwert, engelhaft fliegend und sonderbar bedrückt – wie sie gekommen war. Und natürlich macht sich Herr Hellas gleich daran, sein Empfinden zu notieren:

Dein Blick hat sich festgesetzt und ich trage deine Augen mit mir, auch gegen meinen Willen, denn nach meinem Einverständnis hast du nicht gefragt. Wie ich die Türe hinter dir schließe und bemerke, dass etwas sich verändert hat, dass etwas nagt in mir, daran erinnere ich mich und auch, wie ich mich gewehrt habe gegen die Gedanken an dich. Und ich erinnere mich, wie du mir gegenübersitzt und wie unsere Hände sich berühren ohne Notwendigkeit. Und wie du mich ansiehst und dein Blick mir folgt zum Bücherregal und zurück und auf mir ruht. Und ohne dich anzusehen, weiß ich, dass du mich ansiehst, weil ich deinen Blick fühle auf meiner Haut.

„Für Corinna", hat Herr Hellas unter den Zettel geschrieben, doch die letzten Buchstaben bis zur Unkenntlichkeit durchgestrichen.

Doch in der Nacht, als Herr Hellas die Decke zurückschlägt, melden sich die Senatoren zu Wort: Ob er denn keine Augen im Kopf habe, fragt ihn Tigellinus, ob er denn nicht gesehen habe, mit welchen Reizen das Mädchen aufwarte, geschlossene Knospen kurz vor der Blüte. Da müsse man nur zugreifen und pflücken, was sich beinahe von selbst darbiete. Corinna sei schließlich ein willenloses Geschöpf, orientierungslos und zurückgeblieben und eben deshalb für den Doktoranden eine leichte Eroberung. Von Manipulation könne gar nicht die Rede sein, schwärmt Tigellinus weiter, da das Mädchen ohnehin jeder Anweisung ihres Lehrers Folge leiste. Und dann schließt der Senator mit dem Hinweis auf Herrn Hellas´ zahllose Enttäuschungen und dass ganz offenkundig nun auch für ihn die Zeit gekommen sei, genussvoll zuzugreifen. Konsul Volusius erinnert Herrn Hellas daran, auch die Hilflosigkeit des Mädchens zu berücksichtigen, ihr keinesfalls zu nahe zu treten, zart sei ihre Seele und verletzlich und schließlich kein Tummelplatz für erotische Spielereien.

Antistius meldet sich auch zu Wort. Das Mädchen, so Antistius, sei geistig zurückgeblieben. Freiwillig werde sich ohnehin niemand mit ihr beschäftigen. Es sei also geradezu ein Entgegenkommen des angehenden Professors, das junge Ding in die Erwachsenenwelt einzuführen. Doch schon wieder hat Tigellinus das Wort an sich gerissen. Man sei natürlich kein Übeltäter, meint er, wenn man sich das Mädchen einmal genauer ansehe. Mehr als nur einen Gedanken sei sie wert. Herr Hellas solle sie morgen genau beobachten, ihr Gesicht und die herrlich geratenen Proportionen und dann solle er ihrer Schönheit huldigen. Ein genaues Hinsehen sei sicherlich keine Sünde. Selbst Seneca pflichtet den Vorrednern bei und verweist auf Corinnas Alter. Sie sei vielleicht zehn oder fünfzehn Jahre jünger als der angehende Professor, damit passe sie aber immer noch besser als ihre aufgetakelte Mutter. Vielleicht habe sich Corinna ohnehin bereits in Herrn Hellas verliebt, schließlich bringe sie in seiner Gegenwart kein Wort heraus. Das habe doch etwas zu bedeuten.

Herr Hellas lächelt und schließt die Augen. Aber selbst mit größter Mühe kann er sich Corinnas Gesicht nicht vorstellen. „Morgen!", flüstert er leise und kurze Zeit später atmet er tief und schläft.

Seither kreisen all seine Gedanken um das Mädchen im weißen Sommerkleid, jung und schön, eine kleine Diana, eine Waldnymphe, verspielt und schüchtern, verführerisch einfach. Und natürlich ahnt Herr Hellas: Sie kann Geschöpf seiner Lust werden.

Corinna besucht den Doktoranden täglich und Frau von Rothen ist begeistert von der Hilfsbereitschaft ihres Nachbarn. Sie wisse nicht, wie sie Herrn Hellas jemals danken könne. So palavert sie im Treppenhaus. Doch Herr Hellas will seine Zeit nicht mit der Mutter verschwenden. Corinnas Lächeln sei Lohn genug, entgegnet Herr Hellas und verschwindet in seiner Wohnung. Nachmittags sitzt er ihr wieder gegenüber und liest, wie es mittlerweile zur Tradition geworden ist. Er liest ein wenig Stifter und Bachmann, dann Ovids Ars amatoria, aber das Mädchen hat nicht einmal bemerkt, dass er mittlerweile einen fremdsprachigen Text rezitiert. „Liest du?", fragt sie ihn lediglich und Herr Hellas blickt aus den Zeilen auf und sieht sie an: „Ja, ich lese!", entgegnet er und Corinna: „Also liest du." Diese Art der Kommunikation begeistert Herrn Hellas. Zu fragen, ob er lese, wenn er liest, und das Bejahte zu bestätigen, ein geradezu Platonischer Dialog, meint Herr Hellas. Gerade in der Schlichtheit liegt die Weisheit, davon ist Herr Hellas mittlerweile überzeugt.

Täglich notiert er seine Gedanken, jede Erinnerung an Corinna wird schriftlich fixiert, die Zettel versteckt Herr Hellas in diversen Büchern:

Wenn ich dich nicht sehe, weiß ich nichts anzufangen mit mir. Ich gehe im Zimmer auf und ab, höre Musik, höre keine Musik, sehe aus dem Fenster, sehe nicht aus dem Fenster. Wenn ich dich nicht sehe, stehe ich auf, dann setze ich mich wieder, um erneut aufzustehen. Wenn ich dich nicht sehe, suche ich, weiß nicht wonach und verliere, was ich suchte. Denn wenn ich dich nicht sehe, weiß ich nichts anzufangen mit mir. Ich lese, ich lese nicht, ich schreibe, ich schreibe nicht, ich denke, ich denke nicht, denn wenn du nicht da bist, höre ich auf zu leben. Wenn du nicht da bist, wandern Gedanken durch meinen Kopf, dann wieder Stille, ich klage, ich klage nicht, ich atme, ich atme

nicht, ich liebe. Denn wenn du nicht
da bist, höre ich auf zu sein.

„Für Corinna" hat Herr Hellas daruntergeschrieben, aber die letzten Buchstaben bis zur
Unkenntlichkeit durchgestrichen.

Ausführlich notiert er seine Gedanken, seine
wissenschaftliche Arbeit soll pausieren, Seneca,
Tacitus und Aischylos sollen sich gedulden, sie
können warten, weil es nach zweitausend
Jahren auf zwei, drei Monate auch nicht mehr
ankommt. Der Doktorand hat anderes im Sinn:
Tag für Tag wartet Herr Hellas lediglich auf das
kurze Läuten an der Tür, auf die Stunde, die
Corinna in seinem Wohnzimmer verbringen
wird, die Zeit, in der sie Schulter zuckend und
aus dem Fenster träumend auf seinem Sofa
sitzt, allenfalls ein oder zwei Fragen stellend,
ansonsten schweigend und deshalb klug,
tiefgründig und von rätselhafter Schönheit.

Wenn er sie ansieht, sieht er ihr Jungsein und
in ihrer Einfältigkeit fühlt er sich an seine
Kindheit erinnert. Herr Hellas sehnt sich nach
diesem Leben zurück, in dem es keine Ziele
gab, immerhin keine großen: allenfalls eine

Kugel Eis, eine Schulprüfung oder den Zeugnistag, aber ein Leben der Freiheit. Wie könne sie dieses Leben mit ihm teilen und warum solle sie das beabsichtigen, will Konsul Volusius wissen. Doch Herr Hellas ist besessen von der Idee, er würde seine Jugend mit Corinna nachholen können. Ja, er träumt und nur manchmal holt die Wirklichkeit ihn ein. „Die Zukunft liegt vor dir!", sagt er ganz in Gedanken, doch Corinna versteht nicht, was der angehende Professor meint. „Du bist jung", sagt Herr Hellas, „auch ich war einmal jung." „Jung warst du?" fragt Corinna und Herr Hellas ist hingerissen von ihrer Art, seine Thesen zu hinterfragen. „Kunst und Wissenschaft, Gott ja! " sagt Herr Hellas, „die Wissenschaft, das ist schon was, aber ersetzbar wie alles." Corinna sieht ihn an. „Du bist das Leben", flüstert Herr Hellas. Corinna zieht die Augenbrauen hoch und sieht Herrn Hellas weiterhin stumm an. Herr Hellas zeigt auf seine Lippen. Dieser Mund habe viel gelesen, erklärt er. Sie solle nahe heranrücken, er würde vier Verse deutscher Liebesdichtung zitieren, wunderbare Worte und sie solle mit ihren

Lippen nur seine Bewegungen imitieren. Sie werde lesen lernen: Deutsch, Latein, Griechisch - alles! Und sie solle Poesie nicht nur lesen können, sondern auch fühlen, empfinden, nachlieben. Corinna rückt nahe an den Sessel des angehenden Professors heran und wendet sich ihm zu. Herr Hellas legt seine Hände auf ihre Schultern, langsam zitiert er, langsam betet sie nach, was er sagt, und langsam rückt Herr Hellas seinen dicken Kopf näher an das Mädchen heran.

"Ich möchte dir ein Liebes schenken,

das dich mir zur Vertrauten macht:

aus meinem Tag ein Deingedenken

und einen Traum aus meiner Nacht."

„Nacht", wiederholt Corinna. Herr Hellas hält ihre Schultern fest, als würde sie weglaufen wollen. Doch Corinna sitzt da, starr und leblos. „Wir beide!", raunt Herr Hellas, dann setzt er eine lange Gesprächspause. „Wir beide verstehen uns." „Verstehen wir uns?", fragt Corinna und Herr Hellas ist hingerissen von ihrer Art Sachverhalte zu hinterfragen. „Wir verstehen uns", sagt Herr Hellas, „ich verstehe dich und du verstehst mich und das ist unser Geheimnis." Erneut wiederholt Corinna Herrn Hellas' letzte Worte und Herr Hellas lächelt, wie er es immer tut, wenn das Mädchen spricht. „Ich werde dir das Gedicht noch einmal vorlesen", erklärt Herr Hellas und kaum hatte er begonnen, schon fragt Corinna natürlich: „Liest du?", was Herr Hellas bejaht. „Also liest du", bestätigt Corinna und Herr Hellas kann gar nicht umhin, das Kind für seine Logik zu loben. „Du bist ein kluges Mädchen!", sagt er, während Corinna lächelt und meint: „Ich habe heute Wäsche gemacht." Und Herr Hellas lächelt und wiederholt: „Du bist ein kluges Mädchen!" „Bist du auch klug?", möchte Corinna wissen. Er nickt und fügt dann hinzu: „Aber ich bin schon ein bisschen älter als du und deshalb vielleicht ein bisschen klüger." Corinna entgegnet: „Also bist du schon ein bisschen länger klug." „Geschöpf deines

Willens!", poltert es durch Herrn Hellas´ Kopf. Vor allem Tigellinus hört gar nicht mehr auf, durch all seine Gedanken zu krakeelen. Auch andere Senatoren erinnern Herrn Hellas daran, dass es Schlachten zu gewinnen gilt. „Jetzt oder nie!", inspiriert ihn sogar Volusius. „Weißt du, was lange kluge Menschen machen?", fragt Herr Hellas listig und kneift dabei die Augen zu, als würde er ein altes Geheimnis verraten. Natürlich zieht Corinna ihre Schultern hoch und sieht ihn erwartungsvoll an. Herrn Hellas´ Adern schwellen an, sein Gesicht färbt sich dunkel. „Aber es ist ein Geheimnis und ich will es nur dir verraten, weil du ein kluges Mädchen bist", flüstert er. Corinna nickt, ihre Augen werden noch ein bisschen größer. „Nicht einmal deiner Mutter darfst du unser Geheimnis verraten. Du schwörst es?", will Herr Hellas wissen und natürlich bestätigt das Mädchen sein Anliegen, so dass er fortfährt: „Lange kluge Menschen ziehen sich beim Lesen aus. Nackt kann man besser lesen lernen. Auch ich habe so das Lesen gelernt. Das ist unser Geheimnis." Corinna sieht ihn mit großen Augen an und Herr Hellas überlegt kurz, ob sie seine Aussage in Zweifel ziehen könnte. „Ach was!", tönt schon Tigellinus, „Dummheit glaubt alles." Herr Hellas knöpft sein Hemd auf, bis sein gesamter fetter Oberkörper zu sehen ist. „Auch lange klug sein?", fragt ihn Corinna und Herr Hellas nickt lächelnd. Das Mädchen senkt den Blick und ihre Scheu begeistert ihn umso mehr. „Wenn du liest!", sagt Corinna und Herr Hellas zitiert immer die gleichen Verse, die er auswendig kann und den Blick in seinen Rilkeband gar nicht nötig hat:

"Ich möchte dir ein Liebes schenken,

das dich mir zur Vertrauten macht:

aus meinem Tag ein Deingedenken

und einen Traum aus meiner Nacht."

„Auch das Höschen?", fragt Corinna und Herr Hellas erklärt schnell: „Kluge Mädchen machen das." „Wenn du liest!", meint Corinna und natürlich fragt sie kurz darauf: „Liest du?", obwohl Herr Hellas längst damit begonnen hat. Und dieser antwortet: „Ja, ich lese." „Also liest du", stellt Corinna fest und Herr Hellas ist hingerissen von ihrem Körper, der ihm unbekleidet gegenübersitzt: die zarten Glieder einer Diana, schmale Muskeln, zarte Brüste, Knospen, denen man beim Wachsen zusehen kann. „Wiederhole, was ich dir sage!", befiehlt Herr Hellas. „Nacht", meint Corinna, doch damit ist der Doktorand nicht zufrieden, wieder und wieder zitiert er die vier Verse Rilkes, bald beschämt ins Buch blickend, bald auf Corinnas Körper. Dann umfasst er mit Kraft ihren Oberarm, der so dünn ist, dass sich Herrn Hellas´ Zeigefinger und Daumen treffen. Er zieht das Mädchen näher an sich heran und denkt überhaupt nicht daran, sie loszulassen: „Wiederhole, was ich sage!", befiehlt er. Corinna sieht ihn mit großen Augen an. Herr Hellas spricht die Verse wie ein Gebet. Nach einer halben Stunde, in der er immer und immer wieder dasselbe Rilkegedicht rezitiert, gelingt es Corinna immerhin die letzten drei Worte selbstständig vorzutragen. Herr Hellas lässt ihren Oberarm los, legt seine Hand auf ihr

Knie und lächelt: „Du bist ein kluges Mädchen. Bald wirst du alles lesen können, aber wie du das gelernt hast, bleibt unser Geheimnis!" Mit diesen Worten lässt er seine Hand langsam vom Knie zur Körpermitte des Kindes gleiten und nickt, als wolle er seine Aussage bestätigen. „Geheimnis!", wiederholt Corinna und zieht die Schultern hoch und Herr Hellas ist selbstverständlich hingerissen von einem solchen Übermaß an Reinheit.

Seit diesem Tag weiß Herr Hellas, dass er ohne Corinna nicht mehr leben wollen und ihre Gegenwart benötigen wird wie die Luft zum Atmen. Es wird etwas entstehen, das stärker ist als Herrn Hellas´ große Liebe zur Wissenschaft. Er wird ohne Corinna nicht mehr denken können, nicht mehr essen, nicht mehr lesen, nicht mehr schlafen. Denn wer liebt, schläft bekanntlich nicht. Doch mit seinen Gefühlen wächst auch die Angst zu verlieren. Denn niemals würde er ihren Verlust verkraften können. Täglich ist nun zu überprüfen, wann sie zur Arbeit geht und von dort zurückkommt, wie lange abends in ihrem Zimmer Licht brennt. Manchmal wird ihr Herr Hellas unbemerkt folgen und wenn es dunkel ist, parkt er sein Auto direkt vor ihrem Fenster und starrt in die fremde Wohnung. Am Abend notiert Herr Hellas auf die Umschlagseite seiner Tacitusübersetzung, hinter einem Busch parkend mit freiem Blick auf Corinnas Bett:

> Steh ich vor deinem Fenster,
>
> seh´ ich dich schlafen,
>
> dann kann ich nichts sagen
>
> – vor Glück.

„Für Corinna" hat Herr Hellas daruntergeschrieben, aber die letzten vier Buchstaben durchgestrichen.

Herr Hellas führt nun Buch über Corinnas Leben. Fast stündlich schleicht er an ihrer Haustür vorbei und lauscht, die Mutter ist ja nie zu Hause. Manchmal hört er Geschirr klappern, manchmal Musik. Dann ist Herr Hellas beruhigt, schließlich weiß er, was das Mädchen tut. Einmal setzte er sich den ganzen Nachmittag in den Innenhof und schaut durch die Balkontür in Frau von Rothens Wohnzimmer. Corinna liegt auf dem Sofa und schläft. Nie hat Herr Hellas etwas Anrührenderes gesehen.

Seit der Bekanntschaft mit Corinna kommt Herr Hellas kaum ins Institut und gern zu spät zur Theaterprobe. Eine solche Veränderung bleibt nicht lange verborgen und so bittet Herrn Hellas´ Doktorvater seinen Mitarbeiter – zwar im Vorbeigehen, doch mit sehr deutlichen Worten - endlich das ausstehende und mit ihm bereits vorbesprochene Kapitel in den nächsten Tagen abzugeben. Herr Hellas nickt, wenngleich er ahnt, dass für dieses Kapitel, zu dem er noch keine Zeile geschrieben hat, eher keine Zeit bleiben wird.

Nach Ende der Probe steht Herr Hellas lange am Fenster seiner staubigen Wohnung, beobachtet erst die Tauben auf seinem Balkon und dann Corinna auf der Schaukel im Hof. Tigellinus meldet sich zu Wort: Da Herr Hellas nun einmal, so der Prätorianerpräfekt, von Frau Fröhlichs Verhältnis erfahren habe, sei es ein Zeichen von Schläue, jetzt zu handeln. Und als sogar Antistius die Sentenz in den Raum wirft, dass schließlich eine Hand die andere wasche, besteigt der Doktorand des Abends sein Auto, um im Gewerbegebiet Beweismaterial zu sammeln. Er wartet, bis der rote Alfa Romeo Giulietta einbiegt, Frau Fröhlich lächelt, winkt und die Professorengattin aussteigt: Die beiden Frauen küssen sich. Herr Hellas fotografiert. Es war ein leichtes Spiel.

Noch in derselben Nacht wird Herr Hellas die Bilder für den nächsten Tag ausdrucken, er ist zufrieden mit seiner Arbeit: Frau Fröhlich am Geländer lehnend, Frau Fröhlich winkend, der rote Alfa Romeo einbiegend, Frau Fröhlichs Hand auf dem Rücken der Küsserin. Diese hat Herr Hellas auch im Profil erwischt, deutlich und unverwechselbar erkennbar als Frau des Professors.

Am nächsten Vormittag hat Herr Hellas schon früh das Universitätsgelände aufgesucht und durch ein Nicken im Treppenhaus Athene bekundet, dass sich heute Großes ereignen werde. Als er sein Büro aufsperren möchte, kommt Frau Fröhlich aus der Kaffeeküche, und noch während sie mit sonderbarem Lächeln verkündet, dass der frühe Vogel den Wurm fange, verschwindet sie in ihrem Zimmer. „Die Hörner blasen zum Angriff!", schreit Tigellinus und fordert Herrn Hellas auf, das zu erledigen, wozu er eigens ans Institut gekommen sei. Also tritt Herr Hellas, ohne zu klopfen, ins Büro seiner Kollegin und noch bevor Frau Fröhlich seine Unhöflichkeit monieren kann, legt Herr Hellas die Bilder des letzten Abends auf ihren Schreibtisch. Diese sagt lange nichts, berührt dann die Fotos vorsichtig mit ihrem Zeigefinger. Nach einigem Schweigen sieht sie zu Herrn Hellas auf, kein Lächeln, nichts in ihrem Gesicht, wovor der Doktorand sich fürchten müsste. Er nimmt einen Ausdruck seiner Dissertation hervor und schiebt auch diesen auf Frau Fröhlichs Schreibtisch. „Das folgende Kapitel, bis kommenden Dienstag." Frau Fröhlich bleibt stumm, schließlich nickt sie vorsichtig. Und während alle Senatoren applaudieren und durcheinander johlen, verlässt Herr Hellas erhobenen Hauptes das fremde Büro. Als Antistius über Zeitersparnis und Arbeitsteilung zu referieren beginnt, verlässt Herr Hellas das Universitätsgebäude, indem er allerdings den Hinterausgang wählt, denn Athene möchte er heute nicht mehr begegnen, noch weniger ihrer Eule. Warum ausgerechnet dieses Tier, das bei Tag nahezu blind durch die Welt flattert, ein Symbol der Weisheit sein soll, konnte Herr Hellas nie begreifen. Doch er will seine Zeit nicht mit der antiken Mythologie verschwenden. Es gibt Wichtigeres.

Herr Hellas wird den Vormittag nutzen, um Corinna während ihrer Mittagspause zu beobachten. Er parkt sein Auto an der Wäscherei und verbirgt sich hinter einer Zeitung. Dann sieht er, wie Corinna und auch ein paar andere Frauen aus dem Gebäude kommen und sich auf den Bänken niederlassen. Offenbar machen sie das regelmäßig so. Wie Corinna ihr Käsebrot isst und Milch trinkt, ist das Edelste, das Herr Hellas jemals gesehen hat. Da kann ihm Athene mit all ihren Eulen gestohlen bleiben. Alles ist Corinnas Anblick wert, davon ist Herr Hellas überzeugt. Als die Mittagspause der Frauen vorüber ist und sie ins Gebäude zurückkehren, bleibt Herr Hellas dennoch im Auto sitzen. Er muss all die Eindrücke, die sich ihm dargeboten haben, erst einmal verarbeiten. Auf die Rückseite seiner Tacitusausgabe schreibt er:

Steh ich dir gegenüber,

seh ich dich essen und lachen,

dann kann ich nichts sagen –

vor Glück.

„Für C." hat Herr Hellas daruntergeschrieben. Nach Dienstschuss wird er ihr folgen, wohin auch immer sie tänzelt, zuerst ins Büro ihrer Mutter (dabei wird er an der Bar gegenüber ein Getränk einnehmen) und anschließend zur Bushaltestelle. Nun muss Herr Hellas besonders vorsichtig sein, da Frau von Rothen ihre Tochter begleitet. Er möchte nicht erkannt werden. Auch wenn es ein Leichtes wäre, Sätze zu sagen wie: Was für ein Zufall, wie klein die Welt ist. Ich hätte Sie doch mitnehmen können und so weiter. Wenn Mutter und Tochter im Bus sitzen, wird Herr Hellas diesem mit seinem Wagen folgen. Doch sobald das Mädchen zu Hause ankommt, muss der Doktorand sich ein wenig beeilen, schließlich gilt es, sein Auto zu parken, in seine Wohnung zu laufen und alles für die anstehende Nachhilfeeinheit vorzubereiten.

Herr Hellas werde nächsten Sommer einunddreißig Jahre alt, meint Konsul Volusius. Zwischen ihm und Corinna liege nahezu eine halbe Generation. Verglichen mit ihr sei Herr Hellas alt. Warum Corinna? Warum ausgerechnet die Tochter seiner Nachbarin? Corinna sei ohnehin nicht wie Herr Hellas sich die Frau seiner Träume ausgemalt habe. Sie sei stumpfsinnig und unerfahren, ganz ohne Stil und Bildung. Sie kenne weder Rilke noch Goethe, weder die Odyssee noch die Nibelungen. „Wieso gerade sie?", fragt auch Seneca. „Wieso stattdessen nicht Corinnas Mutter?" meint Antistius. Wovon Herr Hellas sich habe leiten lassen, will Volusius wissen. Wohin er denn gesehen habe: Das Mädchen könne weder lesen noch schreiben, habe eine Sonderschule besucht, aber keinen Schulabschluss, sie sei immer eine lernschwache Schülerin gewesen ohne philosophische Grundkenntnisse, sie arbeite in einer Wäscherei und sei sogar mit dieser Tätigkeit überfordert. Schlichtweg: Corinna sei eine Katastrophe! „Sie ist ganz Herz!", unterbricht Herr Hellas, mehr kann er diesen Worten nicht entgegenhalten.

Der Seneca in Herrn Hellas´ Kopf mahnt den Doktoranden, nicht alles aufs Spiel zu setzen, er solle an seine Karriere denken. Überall verfolgt Volusius Herrn Hellas: „Warum Corinna?", fragt ihn nun fast jeder einzelne seiner Senatoren. „Warum ein solcher Irrsinn, ein solcher Wahn? Warum eine solche Illusion, die der Realität nicht standhalten wird?" Herr Hellas wird nächsten Sommer einunddreißig, wozu ein Verhältnis zu einer geistig zurückge-bliebenen Frau? Wieso ein solches Wagnis? „Es ist Unsinn", sagt der Seneca in Herrn Hellas Kopf: „Ein Unglück, ja ein Unglück, nichts als Schmerz und aussichtslos, absolut lächerlich, leichtsinnig und überhaupt vollkommen unmöglich." „Es ist, was es ist", entgegnet Herr Hellas. Und wie immer er es drehe und wende, er liebe dieses Mädchen. Was für Herrn Hellas zählt, ist die Zeit mit Corinna.

Es macht ihn glücklich, Corinna Geschichten zu erzählen, von Krieg und Frieden und natürlich von den Mythen, von Liebe und Tod, von Orpheus und Eurydike. Herr Hellas versichert, dass auch er in die Unterwelt hinabstiege, wenn Corinna ihm in dieser Welt entrissen würde. Das Kind sieht ihn mit großen Augen an und lächelt. Gerade dies fasziniert Herrn Hellas. Sie ist nicht wie seine Kommilitoninnen, die die Nikomachische Ethik repetieren – mit einer Wurstsemmel in einen und einer Zigarette in der anderen Hand. Die thematisch von Aristoteles zu ihren One-Night-Stands wechseln, als würde man beim Fernsehen zwischen zwei Sendern hin- und herswitchen. Dergleichen Philosophen gibt es am Stammtisch, doch wahre Besinnung und wirkliche Einsicht hat er nur in Corinnas Beisein und im Anblick ihrer Augen.

Als es spät am Abend klingelt, erschrickt Herr Hellas. Wer sollte ihn um diese Zeit besuchen? Corinna müsste längst schlafen und Herrn Hellas´ Mutter wohnt weit von hier. Als er die Türe öffnet, überkommt ihn unwillkürlich ein Gefühl der Schuld. Frau von Rothen wartet ungeduldig auf dem Fußabstreifer. Sie müsse dringend mit Herrn Hellas sprechen, erklärt die Maklerin und fragt, ob sie ihm wohl einige Minuten stehlen dürfe. Herr Hellas bittet die Dame in sein Wohnzimmer. Er weist ihr einen Sessel zu, er selbst lässt sich auf dem Sofa nieder. Sofort wechselt Frau von Roten ihren Sitzplatz und rückt auf dem Sofa nahe an Herrn Hellas heran. Mit rauer Stimme beginnt sie zu erzählen: Corinna könne bereits Verse irgendeines Gedichtes auswendig, das alles sei Herrn Hellas zu verdanken. Sie habe immer befürchtet, das Mädchen leide an der gegenwärtigen Familiensituation, sie lebe allein und arbeite viel, doch in Herrn Hellas habe sie gewissermaßen einen Ersatzvater für Corinna gefunden. Sie wolle sich erkenntlich zeigen, wisse aber nicht auf welche Weise. Herr Hellas verweist noch einmal darauf, dass seine Hilfe nichts weiter als eine Selbstverständlichkeit sei und keineswegs erwähnenswert. Mit Corinna habe sie eine Abmachung getroffen: Wenn das Mädchen, so die Maklerin, täglich sechzig Minuten zu Herrn Hellas gehe, um sich Nachhilfelektionen erteilen zu lassen, dann dürfe sie eine Stunde lang allein in die Stadt gehen. Wichtig sei ein wenig Freiheit für junge Menschen, meint die Maklerin.

Und wieder beginnt Frau von Rothen von ihrem Leben zu erzählen. Hätte sie damals einen Mann wie Hellas kennengelernt, wäre alles nie so gekommen. Sie sei stattdessen aber immer an die falschen Männer gekommen. „Aber gut. Man kann die Dinge nicht ändern", sagt Frau von Rothen: Während dieser leisen Worte ist ihr Mund so nahe an Herrn Hellas´ Kopf herangerückt, dass er ihren Atem bereits auf seiner Haut fühlen kann, und der Doktorand fühlt sich schuldig, als habe er Corinna betrogen. Stumm und reglos sitzt er da. „Es ist spät!", sagt Herr Hellas entschlossen und fügt hinzu: „Schlafen Sie gut und grüßen Sie Corinna von mir." Beinahe hätte er gesagt, küssen Sie Corinna von mir. Frau von Rothen lehnt im Türrahmen, sie streicht mit ihrer Hand über Herrn Hellas´ Oberarm, bedauert noch einmal, dass die Dinge eben kompliziert seien, haucht ein Danke und geht. Noch am selben Abend setzt Herr Hellas sich an seinen Schreibtisch, um seine Gedanken an Corinna aufzuschreiben. Jenes Stück Papier steckt Herr Hellas zwischen die letzten Seiten seiner Gesamtausgabe von Ovid. Der Zettel befindet sich noch heute dort:

Ich weiß, du schläfst nun schon,
Corinna. Du schläfst und ich stelle

mir vor, wie du deine Augen geschlossen hast, wie deine Hand das Kissen greift und dann wieder loslässt, wie dein Kopf zur Seite rollt. Ich liebe dich, wenn du schläfst. Ganz gleich, was du tust, ich liebe dich. Du bist keine Muse und doch eine Gnade! Du bist mein eigener Schatten und wenn ich allein bin, sehe ich mir zu, wie ich auf den Boden falle und mich krümme vor Schmerz. Ich weine und weiß den Grund nicht mehr, aber hinter allem steht dein Gesicht. Du bist für mich der Grund zu weinen und du bist der Grund damit aufzuhören. Dann denke ich an die Zeit mit dir, deine Nähe, dein Blick, der den meinen sucht, deine Unschuld. Ich möchte dich und jeden Gedanken an dich bewahren, wie es in Wahrheit gewesen ist. Ich möchte dich nicht verklären, denn du bist Engel genug. Ich will vielleicht auch versuchen, nicht immer an dich zu denken, nur manchmal in einem stillen, heiligen Augenblick. Denn die Gedanken an dich sind zu wertvoll für einen Alltag. Ich weiß, du schläfst und ich will dich schlafen lassen, auch wenn ich alles darum gäbe, jetzt deine Stimme zu hören. Und deshalb schlaf, mein Kind, schlaf gut. Im Geiste habe ich längst die Augen auf dich gelegt.

„Für Corinna" hat Herr Hellas daruntergeschrieben und die letzten vier Buchstaben durchgestrichen.

Die Tage zerlaufen. Manchmal verfolgt Herr Hellas das Mädchen zur Arbeit, manchmal wartet er zu Hause, bis sie zur Nachhilfe erscheint. Dann sieht er zu, wie das Auto der Maklerin vor der Haustür hält und Corinna mit ihren hellen Sommerkleidern aussteigt. Manchmal trägt sie Rose, manchmal einen hellen Blauton, meistens ein weißes Kleid, aber immer ist es eine Freude ihr zuzusehen. Sobald Herr Hellas weiß, dass das Mädchen nach

Hause gekommen ist, wird er glücklich. Es beginnt die Zeit des Wartens. Er richtet seinen Rilke zurecht und überlegt, welche Verse er ihr heute vorlesen könnte. Dies ist Herrn Hellas´ Leben, ein Warten und Lesen, ein Beten und Sehnen!

Nur selten verlässt er seine Wohnung für andere Tätigkeiten, um sicher zu gehen, dass er keinen zufälligen Besuch von Corinna versäumt. Muss Herr Hellas dennoch kurz aus dem Haus, um beispielsweise Einkäufe zu tätigen, dann tut er dies vormittags, während Corinna in der Wäscherei ist.

Als er eines Morgens mit Tüten bepackt zurückkommt und eilends auf dem Weg ist, das Eis ins Gefrierfach zu legen, das er für Corinna gekauft hat, wartet im Hausflur bereits Frau von Rothen. Sie hat die Wohnungstüre weit geöffnet und einige Koffer neben den Fußabstreifer gestellt: Sie wisse nicht, was sie tun solle, erklärt sie aufgebracht und ohne Herrn Hellas begrüßt zu haben. Der Tag habe nicht mehr als vierundzwanzig Stunden und sie benötige mindestens das Doppelte. Sie müsse für sieben Tage nach Frankfurt reisen -

geschäftlich natürlich und nun bitte sie Herrn Hellas, das Mädchen zu sich zu nehmen zur besseren Beaufsichtigung. Sie wisse, dass dieses Anliegen über das normale Maß einer Nachbarschaftshilfe hinausgehe, doch sie sehe sich im Augenblick nicht hinaus. Corinna sei volljährig, doch sie könne ihre Tochter nicht allein in der Wohnung lassen, da nicht sichergestellt sei, ob Corinna den Alltag unbeaufsichtigt meistern könne. Es scheine ihr ratsam, wenn Corinna während ihrer Abwesenheit bei Herrn Hellas esse und schlafe. Damit sei sie als Mutter beruhigt. Corinna brauche jemanden, der sie führe, meint die Maklerin. „Gerne!", entgegnet Herr Hellas und schon macht sich Erleichterung auf dem Gesicht der Mutter breit. Eilends reicht sie ihm eine Tasche, in die sie alle für Corinna wichtigen Gegenstände gepackt hat, wirft die Tür ins Schloss und ist davon. Der Doktorand nimmt seine Einkäufe in die eine Hand und Corinnas Reisetasche in die andere und steigt die Treppen hinauf in seine Wohnung. Jetzt kommt er ins Träumen. Sieben Tage Corinna, es wird die schönste Zeit seines Lebens werden. Er wird sie am Morgen wecken

- Gott ja, Corinna im Pyjama - er wird ihr Kakao kochen und ihr beim Zähneputzen zusehen. Spaziergänge im Park, gemeinsame Abendlektüre, etwas Leichtes natürlich, etwas Bekömmliches: Schiller vielleicht oder Goethes „Italienische Reise". Er wird Corinna mitnehmen bis zum Olymp der Literatur und natürlich auch in die Eisdiele. Er wird sie teilhaben lassen an seinem Wissen und wird all die Dinge mit ihr tun können, die er gewöhnlich allein vollbringt: zum Beispiel Tauben betrachten oder in der Bibliothek stöbern. Er wird den einfachen Alltag mit Corinna erleben. Er wird sein Wohnzimmer saugen und das Geschirr spülen. Er wird tun, was Corinna möchte. Das Mädchen wird der Mittelpunkt seines Lebens werden und Herr Hellas wird sie verehren und pflegen und auf Händen tragen und jeden Wunsch aus ihren Augen lesen! Sieben Tage Corinna, eine Woche Himmel.

So steht Corinna noch zur Mittagszeit vor Herrn Hellas´ Tür. Die Mutter hat sie dazu offenbar angewiesen. Der Doktorand öffnet und ist getroffen bis tief ins Innerste. Der einzige Gedanke, der durch seine geistige Kurie zieht: ein Engel! Tigellinus, Volusius, selbst der alte Seneca finden keine anderen Worte: „Ein Engel!" Engelhaft geht sie, engelhaft schläft sie. Was immer sie tut, sie tut es engelhaft. Damals ist er mit Corinna schwimmen gefahren. Er hat das Mädchen wählen lassen, was sie tun wolle, und sie war glücklich, weil sie aussuchen durfte, was an diesem Julinachmittag zu geschehen habe. Herr Hellas erinnert sich: Der dicke Student muss sich auf seinem Fahrrad mühen, damit das Mädchen ihm nicht davonradelt. Corinna im weißen Sommerkleid. Herr Hellas wäre ihr überall hin gefolgt, ihren Haaren, die im Fahrtwind fliegen, ihrem weißen Kleid, dem Duft ihrer Haut und ihrem Lachen. Ja, er wäre ihr überall hin gefolgt. Er hätte seinen Tacitus vergessen und die gesamte Geschichte der Kaiserzeit auch. Er hätte nie wieder das Bedürfnis verspürt, die muffigen Hallen der Bibliothek zu betreten. Er hätte der ganzen Forschung den Rücken gekehrt und sich nur mit dem Leben beschäftigt. Er wäre Corinna überall hin gefolgt. Es ist wie eine Erfüllung, diese junge Frau bei sich zu haben.

Sie spricht nicht, sie philosophiert nicht, sie macht keine Pläne, sie ist einfach glücklich. Herr Hellas ist fasziniert davon, wie sie mit sich im Reinen ist. Als sie die Fahrräder aneinander ketten, streift Corinnas Ellenbogen den seinen. Herr Hellas wird die Berührung nicht vergessen, eine Berührung wie ein Versprechen.

Der Tag ist voller Zauber: Am See entkleidet sich Corinna. Sie fragt ihn, ob kluge Menschen ohne Kleidung baden gehen und Herr Hellas nickt. Schwimmen sei schön, erklärt das Mädchen und Herr Hellas lächelt. Die junge Frau steigt auf einen umgestürzten Baum, der seinen Wipfel ins Wasser taucht. Herr Hellas sieht sie an. Er ist an Licht gar nicht gewöhnt, doch er kann die Augen keine Sekunde von ihr lassen. Sie steht am Wasser, die Sonne umspielt ihren Körper. Sie steht am Wasser wie eine Lichtgestalt und Herr Hellas weiß nicht, ob sie eine Erscheinung ist oder Wirklichkeit. Ein kleiner See ist das von Schilfrohren umwachsen mit Fußpfaden, die an seinem Ufer entlangführen. Herr Hellas ist noch nie hier gewesen. Corinna berichtet, mit ihrer Mutter manchmal hier schwimmen zu gehen. Das Mädchen lächelt und Herr Hellas ist hingerissen: weiße Wolken am strahlend blauen Himmel, Weidengebüsch am Wasser und davor Corinna. Mehr braucht es nicht zum Glück. Die beiden sind allein. Das hat Herr Hellas gleich bemerkt, als sie angekommen sind und er ist erleichtert, weil niemand ihn zwingen wird, die Situation zu erklären. „Ich liebe dich", flüstert Herr Hellas, aber Corinna ist schon ins Wasser gesprungen. Als sie auftaucht, winkt sie dem angehenden Professor und fordert ihn auf, ein Stück mit ihr zu schwimmen. Die Leichtigkeit ihres Lebens macht ihn jung. Herr Hellas weiß nun, so muss es sein: Weidengebüsch und Wasser und darin Corinna. Mehr nicht. Alles andere ist verzichtbar. Alles andere ist nur Ballast. Auch als sie nebeneinander schwimmen, kann Herr Hellas die Augen nicht von ihr lassen. Corinna lächelt. Das ist das Schöne an ihr, sie braucht nicht viel zu sagen. Sie lächelt nur, als ob sie den angehenden Professor verstünde, und das ist Herrn Hellas genug. Ihre großen Augen sehen den Doktoranden an und neugierig fragt Corinna über die Wellen hin: „Kannst du auch die Wolken lesen?" Der Gedanke fasziniert Herrn Hellas.

Mittlerweile ist er von Corinnas hohem Intelligenzwert überzeugt. Vielleicht habe sich nie jemand eingehend mit dem Mädchen beschäftigt, meint Tigellinus. So wirke sie manchmal etwas vernachlässigt und retardiert. Während die Sonne untergeht, sitzen sie beide am Ufer. Der Doktorand betrachtet Corinna, Bienen fliegen um ihren Kopf. Herr Hellas hat eine große Decke ausgebreitet und fragt das Kind nach seiner Familie. Wo denn ihr Vater sei, möchte Herr Hellas wissen, doch Corinna zieht die Schultern hoch, presst die Lippen aufeinander und lächelt. Noch einmal versucht er es und fragt Corinna nach ihren Zukunftsplänen. Wieder zieht sie die Schultern hoch und lächelt. Herr Hellas erkennt darin ihre stoische Gelassenheit. Herr Hellas überlegt: Sie vergeudet keine Energie, um Dinge ändern zu wollen, die nicht zu ändern sind. Sie lebt einfach. Ob sie glücklich sei, fragt er zuletzt und das Mädchen nickt. Dann erzählt Herr Hellas von den Dingen, die ihn bewegen: Er habe schon oft die Sonne untergehen sehen und manches Mal überlegt, ob er das Leben nicht besser festhalten müsse. Die Zeit entgleite ihm und er habe Angst, selbst zu einem Stück Vergangenheit zu werden, zu etwas Unbeweglichem und Endgültigem. Er habe immer gelesen, als kleiner Junge und auch als Erwachsener. „Immer hast du gelesen?", unterbricht ihn Corinna und Herr Hellas bekräftigt noch einmal, immer gelesen zu haben und plötzlich, als er aus dem Buch aufgesehen habe, seien dreißig Jahre an ihm vorübergezogen. Er frage sich manchmal, wohin all die Zeit geflossen sei und wer sie ihm jemals wiedererstatte. Aber die Endgültigkeit mache ihm zu schaffen. Er habe so viel über die Vergangenheit gelesen und alles, was die Epochen verbinde, sei die Gewissheit, dass sich die Zeit nicht halten lasse. Gerade diesen Augenblick, diesen Abend, diese Nacht würde er gerne verlängern. Das liege vor allem daran, dass Corinna ihm so etwas wie eine geistige Heimat geworden sei. Er fühle sich zu Hause an ihrer Seite und auch verstanden. Corinna erinnere ihn an damals, wie es war, als das Leben voller Ruhe in ebenen Bahnen verlaufen sei. Der Höhepunkt sei der Kuchen am Nachmittag oder ein Einkauf mit der Tante gewesen. Und diese Freiheit, Gott ja, diese Freiheit, diese Zwanglosigkeit, keine Ziele haben, keine Pläne fassen zu müssen, diese Freiheit, die Hände aufzuhalten und zu warten, was vom Himmel fallen würde. Später sei alles immer enger, kleiner, bedrückender geworden, die Zukunft zur Vergangenheit und das sei überhaupt das Schlimmste, erläutert Herr Hellas: „Der Mensch leidet an der Zeit als solcher. Als Kind saß ich im Garten, spielte mit Sand, von der Sonne umstrahlt, von der Liebe der Mutter gehegt. Die Sonne scheint immer noch, ich sehe sie, auch nach dreißig Jahren stehen die Sterne oben, unverändert, aber ich bin älter geworden. Allenfalls spaziere ich in einem Garten, sofern ein wenig Zeit bleibt. Es ist mir auch nicht genug, Burgen aus Sand zu bauen. Verloren ist die Sicherheit, die mir die Mutter schenkte. Sie kümmert sich noch immer, auch nach dreißig Jahren bin ich immer noch ihr Kind. Aber die Freiheit ist dahin. Ich denke gern an diese Kindheitsnachmittage, wenn der Regen an die Scheibe klopfte, ich am Boden saß und Mutter mir Geschichten erzählte. Das war ein Leben ohne Blick zur Uhr, ohne das Gefühl, etwas zu versäumen, arbeiten zu müssen, ohne das plagende Gewissen, man hätte besser Wichtigeres tun sollen." Herr Hellas lehnt sich an Corinnas Ohr und flüstert: „Du bist der Inbegriff von Freiheit. Du lebst, wie ich einst lebte. Und dich zu sehen, erweckt in mir eine Sehnsucht. Ich möchte mich setzen und sagen dürfen: Hier bin ich. Dann könnten die Zeiger fallen. Himmel, Weidengebüsch und Wasser und dazwischen du, Corinna." Mehr müsse es gar nicht sein, überlegt Herr Hellas. Für dieses kleine Paradies, weiß Gott, ja, er gäbe seinen Tacitus dafür und all die Wissenschaft dazu. Corinna mache ihn lebendig, erklärt der Doktorand. Für ihn zähle mittlerweile einzig die Zeit, die er mit ihr verbringe. Früher habe er sich abgehetzt, morgens in die Bibliothek, von der Bibliothek in die Vorlesung, von der Vorlesung an den Schreibtisch. Jeden Telefonanruf habe er als Störung empfunden, jedes Gespräch als Zumutung. Dabei habe er ganz vergessen zu leben. Erst durch die Bekanntschaft mit Corinna habe er verstehen gelernt, dass die Zeit mit ihr das Wesentliche sei. Das Zusammensein mit ihr sei das Glück für ihn.

„Was ist Glück?", fragt Corinna leise und schon zur Hälfte in der Abenddämmerung schlafend. „Gott, das Glück", referiert Herr Hellas, „das Glück, das sei so eine Sache, schwer zu definieren und wissenschaftlich immer wieder erforscht, ohne die Fragestellung zufriedenstellend gelöst zu haben. Er, Hellas, habe sich für sein Leben schlichtweg an die Schriften Senecas gehalten. Vom glücklichen Leben habe er oftmals im lateinischen Original gelesen, jedes Mal wieder eine Bereicherung! Schließlich habe er einige Passagen einer guten deutschen Übersetzung auswendig gelernt, um sie sich in allen Lebenssituationen vorsagen zu können. Freilich habe er nie daran gedacht, dass er eines Tages hier liegen würde, am Ufer eines kleinen Sees, ein Mädchen an seiner Seite und bei Sonnenuntergang eine Diskussion über das glückliche Leben. Ein weiteres Mal fragt Corinna: „Was ist Glück?" und Herr Hellas hebt stolz an: „Glücklich ist ein Leben, wenn es seiner Natur entspricht, wenn der Geist gesund ist und gesund bleibt, wenn er stark und tatkräftig ist, edel und geduldig, sich der Zeit, dem Körper und seinen Bedürfnissen anpasst, ohne Ängstlichkeit und ohne ein Sklave irdischer Gaben zu sein. Friede und Eintracht im Herzen, Größe und Sanftmut im Bunde, denn alles Ungebändigte ist ein Zeichen von Schwäche." So schreibt Seneca. Und während der angehende Professor schweigt, hat Corinna ihren Kopf auf die Strohmatte gelegt und ist einfach eingeschlafen. Herr Hellas hört ihr gleichmäßiges Atmen und sagt leise: „Du bist das Glück." Er hebt die schlafende Frau auf, hält ihren schmalen Körper in seinen dicken Armen und sieht sie an. Er rollt Corinna in seine Arme wie die Mutter Gottes den toten Jesus. Doch Herrn Hellas´ Gebärde hat nichts Heiliges: Er hat das Mädchen zwischen seine Beine gelegt und streichelt ihren Körper. Er knetet diese Haut und ihr Haar, das leichte Locken wirft, weil es an der Luft getrocknet ist. Er küsst sie auf die Stirn, auf die Wange, auf die Brüste. Und dann liest er Zeile für Zeile ihrer Haut, jeder Absatz ein Epos. Er studiert die Male und Poren, als wolle er sie auswendig lernen wie seinen Ovid. Und Corinna schläft und lässt ihn lesen und küssen. Bis zum Morgengrauen sind die beiden am See. Als es kühl wird, wickelt er sich und Corinna in Badetücher ein und presst ihren Körper an seinen. Nichts kann schlecht sein, solange sie zusammen sind. Herr Hellas betet, dass die Zeiger stillstehen mögen. Er weiß, dass die Zeit trotzdem vergeht. Aber er will an seinem Weidengebüsch-Corinna-Himmel festhalten, solange es geht.

Die Tage verfliegen und der Himmel baut strahlend weiße Wolken um Herrn Hellas´ Welt.

An ein Morgen will er nicht denken, er lebt in den schönen Augenblicken der Gegenwart: er kocht Suppe für Corinna, schüttelt ihr Kopfkissen auf, sortiert ihre Wäsche, riecht an ihren getragenen Höschen, kauft Himbeereis und Mohnkuchen, er radelt durch den Sommer an der Seite dieses Mädchens, vergisst seine Welt und zählt stattdessen die Wellen am See. Gerne bringt er Corinna abends zu Bett. Dann sitzt der Doktorand am Rand der Matratze, liest ihr ein Gedicht vor und legt seine Hand unter die Bettdecke auf ihren Venushügel. Sie lässt es geschehen. Noch nie hat Corinna sich beklagt. Dann schläft sie ein und Herr Hellas betrachtet den kleinen Kopf auf dem blauen Kissen. Die Hände hat Corinna vor ihr Gesicht gelegt und sich eingerollt wie eine Katze. Er lauscht ihrem tiefen Atmen und sieht, wie die Decke sich bei jedem Luftzug hebt und senkt. Ein Gefühl von Glück überkommt ihn bei dem Anblick des zierlichen Körpers in seinem Bett. Keine Vorlesungen, keine Gedichte, kein Theater! Was Herr Hellas hören möchte, ist Corinnas Atem, gleichmäßig und still, etwas Poetischeres hat er nie vernommen. Als Corinna sich umdreht, erschrickt er, weil er fürchtet, er könnte das Mädchen im Schlaf gestört haben. Unbedingt muss er jetzt ihren Nacken küssen, der ihm ent-gegenleuchtet wie der erste Schnee. Er schmiegt sich an sie und fühlt die Wärme ihres Körpers. Ein beschämendes Gefühl von Glück überkommt ihn. Leise sagt er zu Corinna: „Ich habe sanft die Augen auf dich gelegt und sie halten dich sanft und lassen dich los, wenn ein Ding sich im Dunkel bewegt." Herr Hellas ist glücklich. An ein Ende dieses Glücks hat er nie gedacht.

Und obwohl Frau von Rothen nach ihrer Rückkehr aus Heidelberg und ihrem tausendfachen Dank für die Beaufsichtigung ihrer Tochter, Corinna wieder ganz an sich nimmt, ist die Liebe aus Herrn Hellas´ Leben nicht mehr wegzudenken.

Selbst was Corinnas Entwicklung anbelangt, glaubt Frau von Rothen positive Fortschritte festmachen zu können. Das Mädchen wirke ruhiger, spekuliert sie, ja sie sei geradezu fröhlich in letzter Zeit, lache viel und scherze. Habe sie früher oftmals voll schlechter Laune den ganzen Tag auf dem Fußboden gesessen, so sei sie nun immer in Bewegung. Gleich nach dem Mittagessen wolle sie schon zu Herrn Hellas hinaufgehen, um ihre Nachhilfeeinheit zu erhalten und darauf verlasse sie sofort das Haus. So voller Tatendrang kenne sie ihre Tochter gar nicht. Dann betont die Mutter, dass Corinnas Entwicklung ganz Herrn Hellas zu verdanken sei.

Als der Doktorand wieder am Fenster seines Wohnzimmers steht, Tauben beobachtet und überlegt, legt sich ein schweres Gefühl des Glücks in ihm nieder. Wer kennt sein Kind besser als die Mutter, überlegt Herr Hellas. Und wenn in Corinna tatsächlich eine Art Veränderung stattgefunden hat, warum soll dann nicht er selbst die Ursache dafür sein. Corinna hat sich also in ihn verliebt, darin ist Herr Hellas nunmehr sicher. Sie erwidert seine Gefühle, sie empfindet wie er.

Dass das Mädchen keine rechte Freude an Rilke und an Goethe findet, soll Herrn Hellas nicht stören. Gleich nach dem Mittagessen kommt Corinna täglich zu ihm hinauf. Dass sie den Doktoranden bereits nach einer halben Stunde wieder verlässt, um daraufhin aus dem Haus zu gehen, möchte Herrn Hellas erst nach einigen Wochen auffallen. Und so fasst er den Beschluss, ihr ungesehen zu folgen, um festzustellen, was das Mädchen den ganzen Nachmittag über allein in der Stadt treibt. Die Mutter hat ihr die Spaziergänge schließlich erlaubt.

Im späten Herbst sollte sich Herrn Hellas´ Leben wieder ändern: Gläsern hängt die Sonne über gelben Walnussbäumen, als er einen Schal um seinen Nacken schlingt und nur wenige Augenblicke nach Corinna die Haustür ins Schloss wirft.

Flatternd und hüpfend, wie ein Schmetterling springt Corinna die Straße in Richtung Innenstadt entlang, sie scheint glücklich und fühlt sich nicht beobachtet. Herr Hellas folgt eilends nach und hat Mühe bei Corinnas Laufschritt nicht völlig außer Atem zu geraten. Und während das Mädchen knapp außer Reichweite vor Herrn Hellas fliegt, denkt der Doktorand an die herzzerreißende Geschichte von Apoll und Daphne. Hingebungsvoll hatte sich der junge Gott an die Fersen der Nymphe geheftet und sie zu fassen versucht, während Daphne von Angst getrieben, läuft und flüchtet. Als Apoll die junge Schönheit erreicht, verwandelt diese sich in einen Lorbeerbaum und entzieht sich damit aller körperlichen Zuneigung. Als Herr Hellas ganz in Gedanken versunken die Einheit von Mythos und Wirklichkeit festzustellen glaubt, bleibt Corinna plötzlich an einem Zeitungskiosk stehen. Ein junger Mann, vielleicht zwei Jahre älter als Corinna sortiert die Hochglanzmagazine in der Auslage. Mit dem Rücken zu Corinna gewandt, bemerkt er anfangs nicht, wie sie sich an ihn heranschleicht. Sie lehnt sich an seinen Rücken und legt ihre zarten Finger über seine Augen. Herr Hellas versteht nicht, was er sieht. Der Zeitungsjunge scheint zu wissen, wer ihn am Weiterarbeiten hindert und dreht sich um, um in einem Kuss mit Corinna zu einer Einheit zu verschwimmen. Herr Hellas steht wie angewurzelt, er versucht zu schlucken, doch ein Stein in seinem Rachen hindert ihn daran. Er wüsste gern, wie der Druck in seinem Inneren zu beseitigen sei. Mit rauen Händen reißt sich die Wirklichkeit von seinen schönen Daphneträumen. Herr Hellas fragt den Seneca in seinem Kopf und Tigellinus und selbst Antistius, doch keiner versteht ihm eine Antwort zu geben. Ein Irrtum vielleicht, eine Verirrung des Geistes, eine Sinnestäuschung oder schlichtweg eine Verwechslung. Herr Hellas muss fort, die gelben Walnussbäume, den kitschig plätschernden Fischbrunnen kann er weder sehen noch hören. Stille, Besinnung, Rückzug in sich selbst, das könnte helfen.

Als Frau von Rothen an diesem Abend Herrn Hellas besucht, kann der Doktorand noch immer kaum atmen und denken. Er sieht Corinnas Mutter an, die in seinem Sofa sitzt und ein Glas Eistee in beiden Händen hält. Aufgebracht erzählt sie von ihrer Entdeckung, die Herrn Hellas bereits bekannt ist: Corinna habe sich - obwohl doch eigentlich stets unter Aufsicht - verliebt, sie habe einen festen Freund und das trotz des eindeutigen Verbotes ihrer Mutter. Corinna habe sich über alles hinweggesetzt. Dabei sei das Verbot doch eine Vorsichtsmaßnahme gewesen, schließlich sei Corinna in ihrer Entwicklung zurückgeblieben und verschenke ihr Vertrauen blindlings, so meint Frau von Rothen. Die Maklerin sei geschäftlich in der Innenstadt unterwegs gewesen, um einem Kunden eine Wohnung zu zeigen, und da habe sie Corinna entdeckt, am Zeitungskiosk mit einem Jungen eng umschlungen. Trotz eines eindeutigen Verbotes, das wiederholt sie eindringlich. Herr Hellas nickt. Jeder dahergelaufene Lustmolch könne ihre Tochter zum

Beischlaf überreden, meint die Mutter. Eine Überredung sei überhaupt nicht nötig, schließlich willige Corinna in alles ein, was man ihr vorschlage. Herr Hellas nickt. Corinna könne zwischen Vertrautem und Neuem nicht unterscheiden, für sie habe die Aussage eines Zeitungsverkäufers denselben Wert wie die Worte ihrer Mutter. Da könne sie doch nicht zulassen, dass das Kind sich von einem unbekannten Lüstling verführen lasse. Herr Hellas nickt. Corinnas Liebschaft ist ihm bekannt. Er möchte aufstehen, er würde gerne das Fenster öffnen, Luft holen, doch Frau von Rothen hält ihn zurück. Die Sache müsse ein Ende haben, fordert sie, sie wolle das Kind gewiss nicht einem Perversen überlassen. Sie sei ratlos, klagt die Mutter, und bis ins Innerste enttäuscht. Wieder nickt Herr Hellas und denkt zurück, wie alles begonnen hat:

Ganz zu Beginn hätte er es nicht einmal zu hoffen gewagt, dass dieses bezaubernde Mädchen jemals seine Neigung erwidern würde. Doch sie hat es getan. Sie hat sich küssen und streicheln lassen und hat nie gesagt, dass sie darüber hinaus keine Nähe wünsche.

Also begann Herr Hellas zu hoffen, dass Corinna das gleiche für ihn empfinde wie der angehende Professor für jenes einfache Mädchen. Er hatte gehofft, jawohl, und irgendwann war er überzeugt, dass auch Corinna seine Gefühle erwidere. Gesagt hat sie es nicht, doch sie musste ihn lieben, sonst hätte sie das alles nicht zugelassen. Niemals hat sie ihm widersprochen oder seinen Körper beiseitegeschoben. Herr Hellas fühlte sich geliebt, jawohl, er sah den Himmel in ihren Augen und das Paradies in ihren Brüsten. Und Herr Hellas weiß: Diese Liebe war kein Gedanke, keine Einbildung und keine Illusion. Sie war, so verworfen, so absurd und so lächerlich es klingen mag, wenn ein erwachsener Mann einem jungen Mädchen sein Herz vor die Füße wirft, vorhanden. Eine stille, schüchterne Liebe zuerst ohne jegliche Absichten und schließlich eine Leidenschaft, ein Feuer, das sich aller Vernunft widersetzte.

Volusius zitiert für Herrn Hellas wieder einmal Rilke, ein Gedicht, das er auch gemeinsam mit Corinna einmal gelesen hat:

"Oh du bist schön. Wenn auch nicht mir.

Aber du kannst dich nirgends verhalten.

Ich weiß, dass mir deine Augen nicht galten,

aber ich habe mich wie ein Tier

in deine Blicke gelegt. O du bist schön."

Als Volusius das Gedicht zu Ende gesprochen hat, ist Frau von Rothen bereits verschwunden. Ohne dass Herr Hellas es bemerkt hat, muss sie wohl die Wohnung verlassen haben. Das war vor einer Woche.

Am folgenden Samstag sitzt Herr Hellas in seinem Wohnzimmer dem Mädchen gegenüber und Corinna erzählt, dass sie sich verliebt habe in den Jungen vom Zeitungskiosk. Das alles weiß Herr Hellas schon, er hat sie schließlich beobachtet. Der Bub sei zwanzig und sehe aus wie die Schauspieler im Kino, erläutert Corinna. Herr Hellas sieht sie an und schweigt. Auch die Senatoren schütteln ratlos ihre Köpfe.

„Corinna mit dem Zeitungsjungen!", seufzt Tigellinus. Lange schweigt das Mädchen, dann endlich ruft Volusius: „Aus und zu Ende!" Und auch Seneca mischt sich nun ins Gespräch, er frage sich, warum Corinna den Jungen vom Zeitungskiosk genommen habe, nicht aber den angehenden Professor, warum sie einen so schlechten Geschmack beweise und weswegen sie denn überhaupt keinen Wert auf Stil und Etikette lege. Demnach solle Herr Hellas nicht traurig über das Ende dieser Liaison sein. Tigellinus argumentiert wesentlich sicherer, schließlich habe Herr Hellas das Mädchen doch gar nicht geliebt. Begehrt vielleicht, so Tigellinus, auch von einer Verirrung des Geistes könne die Rede sein. „Geliebt nicht, ganz sicher nicht", platzt es aus Herrn Hellas heraus, Corinna sieht ihn verwundert an. „Eben!", schreit Tigellinus dazwischen. Ein so einfaches Mädchen wie Corinna könne Herr Hellas auch gar nicht geliebt haben. Er habe vielleicht gerne an ihren Haaren gerochen, ihre Hand absichtlich gestreift und ihre schmalen Hüften betrachtet, so Antistius, Herr Hellas habe sicherlich mit Freude in die Augen des

Mädchens gesehen und sich von ihren Sorgen erzählen lassen. Er habe sie auch voller Hingabe getröstet, väterlich geküsst und gestreichelt, auch ihren warmen, frischen Körper habe er gerne gespürt, aber geliebt habe er sie nicht. Das könnte er gar nicht und er wollte es auch nicht. Geliebt hat er sie nicht, nein, das ganz sicher nicht. Das wäre pervers, meint Seneca, wenn ein erwachsener Mann sich zu so einem jungen Ding hingezogen fühle. Die Liebe sei eine Sache des Selbstbetruges, stellt Volusius fest. Das weiß Herr Hellas schon. Doch Täuschung hat er nicht nötig. Für den Glauben an die Liebe ist Herr Hellas zu klug. Alle Senatoren können dies bestätigen - eidesstattlich, wenn nötig.

„Warum also traurig sein? Weswegen ein Mädchen vermissen, das einen Zeitungsjungen einem Professor vorzieht?", möchte Tigellinus wissen. Und Corinna bleibe schließlich Corinna, so lässt sich Herr Hellas trösten. Auch die Sache mit dem Jüngling werde nicht lange gut gehen, tröstet ihn Volusius. In ein paar Wochen werde es vorbei sein mit dem Knaben und dem unbedarften Mädchen, aber dann solle Herr Hellas Corinna auch nicht mehr wollen, so der Ratschlag Senecas.

Herr Hellas weiß nicht, was er dem Mädchen sagen soll, das auf seinem Sofa sitzt und weint. Doch vor allem bedauert er, dass sie sich so hat irren können. Noch liebt er aus Mitleid, ein wenig auch aus Einsamkeit, aber aus Liebe liebt er nicht, davon ist Herr Hellas überzeugt.

In den Tagen darauf ist an die gewöhnliche Unterrichtseinheit nicht mehr zu denken. Rilke interessiert Corinna im Augenblick nicht, auch Goethes „Italienische Reise" hat ausgedient. Das Mädchen hat andere Sorgen, von denen sie Herrn Hellas in Kenntnis setzen möchte. Sie hofft, er würde ihr helfen können: Wie sie dasitzt und weint! Herr Hellas sieht sie an. Sie sitzt auf seinem Sofa und weint. Herr Hellas ist ratlos. Nie hat er jemanden so weinen sehen. Sie weint und ihre Tränen tropfen auf Herrn Hellas Teppichboden. Corinnas Augen sind gerötet. Wie viel Liebe in diesen Tränen liegt, überlegt Herr Hellas. Wie dieses einfache Mädchen fühlt! Welch großes Gefühl einer solchen Dummheit innewohnt.

Sie weint nicht um Herrn Hellas, das weiß der Doktorand. Sie weint um ihre aussichtslose Liebe. Der Zeitungsverkäufer, jung und dumm wie Corinna selbst. Und jetzt muss sie ihn lassen, weil die Mutter es verlangt. Hier sitzt sie und lässt ihre salzigen Tränen tropfen. „Auch sie soll leiden und einsam sein, ein Leben lang, wie wir!", schreit Tigellinus. Herr Hellas sitzt ihr immer noch gegenüber und sieht sie stumm an. Tigellinus poltert weiter, Herr Hellas schweigt und Corinna fragt, ob sie etwas falsch gemacht habe. „Ein loser Gedanke!", entgegnet Herr Hellas. Corinna sieht ihn an. „Der Zeitungsverkäufer also", flüstert Herr Hellas. Corinna zieht die Schultern hoch. Nach all dem, was geschehen ist, sitzt sie nur da, sieht ihn an und findet keine Worte. Corinna erzählt weiter von ihrer Liebe, doch alles, was Herr Hellas versteht: Es ist aus! Er will sich nicht verstellen, es wäre schade, nach all den schönen Gefühlen das Ende zu verderben. Herr Hellas will ehrlich sein, er sieht in Corinnas tiefblaue Augen, fixiert den dunkelsten Punkt darin und leise sagt er zu ihr: „Ich kann dir nicht helfen." Corinna schweigt. Sie zieht die Schultern hoch und presst die Lippen aufeinander. An den Rest kann Herr Hellas sich wie in Zeitlupe erinnern, wie sie aufsteht und zur Tür geht. Corinna wird sein Wohnzimmer verlassen. Sie wendet ihren Kopf zurück und sieht ihn an. Das Mädchen steht am Fußabstreifer, ein Engel in einer weißen Winterjacke. Sie steht da wie vor sechs Monaten, als sie den Doktoranden zum ersten Mal besuchte. Und wie vor einem halben Jahr ist Herr Hellas berührt bis ins tiefste Herz. „Danke für die schöne Zeit, " sagt er und ist betroffen von der Endgültigkeit dieser Worte. Corinna geht. Später stellt Herr Hellas sich ans Fenster und beobachtet Tauben auf dem Balkon. Immer wieder flüstert er ihren Namen.

„Man könnte den Jungen vom Kiosk mit dem Auto überfahren oder an die Eisenbahnschiene ketten", meint Tigellinus, als Herr Hellas die Vorhänge zuzieht. Und als Herr Hellas am folgenden Tag ein Wissensmagazin am Kiosk erwirbt, hat er für kurze Zeit tatsächlich daran gedacht, das Messer in den Rücken des Jungen zu schlagen, der unter der Theke nach Wechselgeld sucht – natürlich trägt

Herr Hellas kein Messer bei sich. Stattdessen ist der Doktorand schweigend nach Hause gegangen.

Dann vergehen Wochen, in denen Herr Hellas sich kaum bewegt: Schon am Morgen stellt er sich ans Fenster, steht dort, bis es dämmert. Er führt das Dasein eines Hundes, der Ausschau hält und wacht! Er steht am Fenster und sieht in eine Welt, in der der Herbst die letzten Blätter fortweht. Tauben fliegen noch immer, doch Herr Hellas ist überzeugt, dass die Farbe ihres Gefieders etwas blasser geworden ist, fast fahl. Einmal hat Herr Hellas ein Walnussblatt aufgehoben, mit in die Wohnung genommen und auf die Holzkommode gelegt, das Blatt war schon etwas zerfallen, sehr dunkel und verbreitete im Zimmer einen etwas modrigen Geruch. Immer und immer wieder streicht Herr Hellas mit dem Finger über das Blatt, bis es einen dunklen Fleck auf dem Holz hinterlässt. Volusius rät, Corinna vergessen zu müssen. Der gesamte Senat seiner Gedanken appelliert für eine Auslöschung aller Erinnerung an sie: Damnatio memoriae! "Corinna gehört der Vergangenheit an, genau wie Aischylos, Tacitus und die gesamte Geschichte der Kaiserzeit!", ruft Seneca. Doch wie mit einer solchen Vergangenheit leben? Herr Hellas hätte ihr noch so viel geben wollen, er hätte ihr so viel Liebe geschenkt, er hätte gerne mit ihr noch Tschechow gelesen oder Fontane, er hätte ihr gerne seine Welt zu Füßen gelegt. Doch Corinna ist aus seinem Leben verschwunden. Herr Hellas steht vor seinem Bücherregal und betrachtet die Gesamtausgabe Ovids: Wohin er auch sieht: Corinna. Seine Bücher verbrennen, überlegt Herr Hellas. Doch wie er es dreht und wendet, Corinna bleibt, auch wenn er Ovids Gedichte im Feuer versengt. Noch in derselben Woche hat Herr Hellas eine Nachricht an Corinna geschrieben, Konsul Antistius hatte dazu geraten. Die Worte sind Herrn Hellas geradezu in die Feder geflossen. Er hat geschrieben und geschrieben und den Text später auch kein zweites Mal durchgelesen:

Ich möchte für immer warten –
auf dich am Averner See. Bei Tag
und Nacht will ich warten, bis du zu
mir kommst und mich erlöst. Ich

will am Ufer sitzen, in die Binsen schauen und zu Apoll hinüber und wenn du kommst, um mich zu holen, würde ich dich begleiten bis nach Baiae freilich und schwimmen würde ich bis Procida und bis nach Capri auch. Ich möchte für immer warten. Ich würde meine Füße in das braune Schwarze tauchen, denn Wasser ist es nicht und meine Augen würde ich heben zum Aether, zu dir. Ich möchte für immer warten, ich würde zur Höhle der Seherin gehen und fragen, wo du bleibst. Und wüsste ich, du kämst, ich würde dir entgegenlaufen bis Rom und bis zum Rhein, ich würde den Weg bestreuen mit Blumen oder mit Blut und hoffen würde ich und beten. Ich möchte für immer warten, auf deine Hand, denn deine Hand ist hundert Jahre des Wartens wert. Ich sitze am Averner See, auf dem Ätna, dem Kaukasus und auch am Schwarzen

Meer, ich würde überall warten auf dich, ich sähe den Göttern zu, sie könnten mich bitten und betteln, ich wollte sie nicht, denn ich will keinen Himmel, nur dich! Doch es ist kein Nur, weil du viel mehr als hundert Himmel bist. Hundert sind die Gründe, dich immer und immer zu lieben. Und so wird es kommen! Ich werde für immer warten, drunten am Averner See, denn ich weiß: Du wirst nicht kommen, nicht heute, nicht morgen und in alle Ewigkeit nicht. Den Fuß kann ich tauchen ins Schwarze, den Kopf und mich selbst ganz dazu, hinuntersteigen könnte ich, du würdest mich nicht halten, nicht holen. Durch den Styx könnte ich schwimmen und durch die Unterwelt wandern, über Elysische Felder laufen, ich könnte mich von Charon treiben lassen - du würdest gar nicht bemerken, dass ich aufgehört habe zu warten. Ich könnte mich am Wasser der Lethe besaufen, könnte meine Heimat vergessen, meine Sonne, meine Welt, doch selbst dann schwebtest du überall um mich und ich vergäße alles, alles, nur nicht dich!

Herr Hellas konnte nicht wissen, was mit seinen ebenso verzweifelten wie unverständlichen Worten geschehen würde: Als Corinna den Brief vor der Haustür entdeckte, legte sie ihn einige Tage auf die Kommode neben ihrem Schrank, öffnete ihn nach einiger Zeit, doch blieben ihr Herrn Hellas Zeilen ein Rätsel. Dass das Mädchen noch immer nicht in der Lage war, selbstständig zu lesen, war dem Doktoranden nicht aufgefallen, schließlich wiederholte Corinna bei den gemeinsamen Nachhilfeeinheiten lediglich das, was Herr Hellas eben rezitiert hatte. Jenes rote Papier, das Herr Hellas an das Mädchen adressierte, wanderte in den Papierkorb. Niemand hat Herrn Hellas´ verzweifelte Worte gelesen. Sei es darum.

Durch Arbeit wird er sich ablenken, durch harte Forschung die Erinnerung an Corinna ausmerzen. Er sieht sich um: Bücher auf dem Schreibtisch, Tränen in seinen Augen, aber er sieht sie. Auch die Bücher in seinem Regal - wohin er blickt - Bücher. „An euch werde ich mich halten", sagt Herr Hellas leise, „an euch werde ich mein Leben ketten, aus euch meine Energie gewinnen. Alles andere ist vergänglich, alles andere verschwindet. An keinen Menschen will ich mich heften, aber an Papier, an Buchstaben, schwarz auf weiß. Hier ist meine Heimat. In der Literatur der Anker meines Lebens. Mehr nicht! Mehr braucht es nicht zum Atmen. Ein Buchstabe zwischen Himmel und Erde. Das ist genug. Alles andere ist überflüssig. Alles andere ist nur Ballast."

Für den Augenblick ist er froh, in nächster Zeit all das aufarbeiten zu müssen, was er versäumt hat in den letzten Monaten. Er ist erleichtert, dass er nicht nachdenken muss über sich, schließlich müsste er melancholisch werden bei genauerer Betrachtung eines solchen Übermaßes an Einsamkeit. Die Bücher auf seinem Schreibtisch liegen noch da, wie an jenem Juninachmittag vor einem halben Jahr. Seit dieser Zeit hat Herr Hellas die Forschung ruhen lassen, Frau Fröhlich für sich arbeiten lassen und sein Leben ganz Corinna verschrieben. Jetzt endlich kommt er dazu eben das Kapitel seiner Dissertation, das Frau Fröhlich für ihn übernommen hat, durchzulesen. Herrn Hellas´ Doktorvater, dem er die Seiten per Post zukommen ließ, um keine Zeit zu vergeuden, hatte sich damals begeistert gezeigt. Doch bei seiner Lektüre kommt er nicht weit, auf nichts kann er sich konzentrieren, dann schweifen seine Gedanken ab. Er erinnert sich, wie es damals läutete. An der Tür stand damals Corinna. Vielleicht ahnte er damals bereits, dass mit Corinnas Besuch auch das Leben in seine Wohnung Einzug hielt! Jetzt liegt überall Staub.

Es scheint, als wäre er nur kurz von seinem Schreibtisch aufgestanden und zur Tür gegangen, und so als habe er sich wieder an die Arbeit gesetzt, nachdem der Besuch sich verabschiedet hatte. Dazwischen liegt etwa ein halbes Jahr und im Grunde Herrn Hellas gesamtes Leben. Er wird Corinna nicht vergessen, allen Ratschlägen zum Trotz. Er gäbe alles dafür, sie vergessen zu können, doch es will ihm nicht gelingen. Jeder Gegenstand seiner Wohnung erinnert an das Mädchen, ihr Geruch liegt auf dem Teppich, dem Vorhang und sogar auf den Fliesen, alles trägt ihr Gesicht: Herr Hellas kennt die Tage, die er am Fenster stehend verbracht hat, im Winter mit Blick auf kahle Äste, im Sommer mit dem Blick auf fliegende und summende Insekten. Doch welche Jahreszeit auch immer, das Gefühl war jedes Mal das gleiche: eine laue Sehnsucht nach Leben.

Tatsächlich hat sich nichts getan und Herrn Hellas wurde nicht mehr ins Leben entlassen. Der Doktorand blieb vor dem Glas stehen, hat ein wenig hinausgesehen, über die Vergangenheit nachgedacht und sich dann wieder an seinen Schreibtisch gesetzt. Von Semester zu Semester gewinnt Herr Hellas einige Aufsatztitel und einige Pfunde dazu, erstere trägt er stolz in die Liste seiner Veröffentlichungen ein. Noch im selben Winter ist Frau von Rothen mit ihrer Tochter nach Frankfurt gezogen. Sie habe dort jemanden kennengelernt, doch diesmal nichts Flüchtiges, sondern eine ernste Sache, einen Mann, der Corinna unterstützen und sie auf Händen tragen werde. Herr Hellas stand am Fenster und sah, wie die Maklerin ihre Möbel in einen Lieferwagen packen ließ. Die Frauen haben ihm ein letztes Mal zugewinkt, sind hektisch ins Auto gestiegen, abgefahren und ganz aus Herrn Hellas′ Leben verschwunden. Menschen kommen und gehen, das weiß Herr Hellas nun, nur der Buchstabe bleibt genau wie seine Senatoren.

Wie mit dieser Einsamkeit leben, ohne daran zu sterben? Der Doktorand hätte freilich ganz in die Fußstapfen seines Doktorvaters treten können, der sich zum Weihnachtsfest dieses Jahres eine Frau aus Thailand hat einfliegen lassen. Tatsächlich hatte sich Herr Hellas mit den Konditionen eines solchen Vertrages eingehend beschäftigt. Er hätte eine junge Dame mittels einer Agentur zu sich einladen und für drei Monate beobachten können, dann hätte er sich zu einer Ehe entscheiden müssen, andernfalls hätte die Asiatin Europa wieder verlassen müssen. Ein solcher Besuch hätte ihn einige Monatsgehälter gekostet, aber Finanzielles hat Herrn Hellas nie interessiert.

Doch wozu? Die Asiatin hätte Herrn Hellas´ Begeisterung für Rilke und Tacitus, für Seneca und die Nibelungen sicher nicht verstanden, jedenfalls nicht in der Form wie Corinna. Und auch in anderen Dingen hätte sie sich von Corinna vermutlich zu sehr unterschieden. Und natürlich wartet Herr Hellas noch immer auf ein Klingeln an seiner Tür, besonders in den Sommermonaten. Er würde öffnen und Corinna würde auf dem Fußabstreifer stehen. Allein aus diesem Grund ist es ihm nicht möglich, aus dieser Wohnung auszuziehen. Wie sollte ihn Corinna jemals wiederfinden?

Zuerst konnte Herr Hellas gar nicht mehr schlafen und essen. Wenn er seine Augen schloss, sah er immerzu Corinnas Gesicht vor sich. Corinna, wie sie ihn ansieht; Corinna, wie sie aus dem Fenster sieht; Corinna, wie sie schweigt und die Schultern hochzieht. Corinna, Corinna und immer wieder Corinna. Erst nach einigen Wochen konnte Herr Hellas die Augen wieder schließen und hat auch andere Dinge gesehen außer Corinnas Gesicht. Doch irgendwann, der Zeitpunkt lässt sich nicht mehr genau ermitteln, konnte Herr Hellas die

Augen schließen, ohne Corinnas Gesicht zu sehen, und noch ein wenig später konnte er sich selbst mit viel Mühe Corinnas Gesicht nicht mehr vorstellen. Es war irgendwo im Dunkeln verschwunden. Wenn er sich jetzt an Corinna erinnert, ist er allenfalls peinlich berührt: Tigellinus erklärt, dass die ganze Geschichte nicht mehr als ein Missverständnis sei. Corinnas Umzug sei wahrhaftig ein Gewinn, jawohl, ein Gewinn an Einsicht und Vernunft. Wohin hätte das Mädchen ihn gebracht?

Seit jenen Vorfällen hat Herr Hellas sich wieder ganz in die Bibliothek zurückgezogen. Hier wird wieder seine Heimat sein. Seine Dissertation konnte er bereits ein Jahr später – auch durch Frau Fröhlichs Zutun - zu Ende bringen. Und obgleich von einer Breitenwirkung hier nicht mehr gesprochen werden kann, fand Herrn Hellas´ Arbeit über Tacitus´ historisches Bewusstsein in Fachkreisen weitgehend Anerkennung. Daraufhin hat er weitere vier Jahre mit seiner Habilitationsschrift zugebracht, die sich den Datierungsmöglichkeiten der pseudosenecaischen Tragödie „Octavia" widmet. Nach seiner Berufung zum ordentlichen Professor hat er einfach weitergeforscht, seinen Tacitus gelesen und zahllose Aufsätze über Cicero und Caesar verfasst. Sein Dasein gehört seinem beruflichen Erfolg, den Buchstaben - schwarz auf weiß. Sein Leben ist den Dingen gewidmet, die Herr Hellas untersucht hat und denen er eine solch hohe Bedeutung beigemessen hatte, dass er zu deren Erforschung sein Leben gänzlich aufgegeben hat.

Herr Hellas weiß nun, dass Erasmus von Rotterdam bereits im 15. Jahrhundert die Echtheit der „Octavia" in Frage gestellt hat. Welchen Weg seine Kommilitonen und Kommilitoninnen gegangen sind, weiß Herr Hellas nicht. Er hat sie ganz aus den Augen verloren, die meisten ihrer Namen schon tags darauf vergessen oder nie gekannt. Er ahnt nicht, wie Frau Braunmeier und Herr von Aue im Unterricht versuchen, den Kindern die Freude an der Antike zu vermitteln. Und selbst wenn er es wüsste, fände er es allenfalls lächerlich. Was Herr Hellas weiß: Der wahre Grund für Senecas Verbannung nach Korsika wird kaum mit Sicherheit eruiert werden können. Was

Herr Hellas nicht weiß: Dem Jungen vom Zeitungskiosk wurde gekündigt. Man hat ihm unangebrachten Umgang mit seinen Kundinnen vorgeworfen. Zwar kauft Herr Hellas immer noch dann und wann eine Zeitschrift dort, doch dass ein anderer hinter dem Tresen steht, ist ihm gar nicht aufgefallen.

Herr Hellas weiß, dass in der Casa del Fauna in Pompeij Wandgemälde gefunden wurden, die möglicherweise für die Datierung von Senecas Tragödien nützlich sein könnten. Herr Hellas weiß nicht, dass Frau Fröhlich nach Aufgabe ihres Promotionsvorhaben nach Italien ausgewandert ist, begleitet von der Frau ihres Doktorvaters. Und selbst wenn er es wüsste, es interessierte ihn allenfalls am Rande, als Anekdote des Scheiterns vielleicht. Herr Hellas weiß nun, dass die pseudosenecaische „Octavia" als einzige fabula praetexta ein unschätzbares Kulturdenkmal darstellt, wenngleich ihre Autorschaft nicht eindeutig zu beantworten ist. Das wurde auch vor ihm schon mehrfach wissenschaftlich untersucht. Was er nicht weiß: Frau von Rothen hat nicht geheiratet, schon nach wenigen Monaten in

Frankfurt ist sie in eine kleine Wohnung nach Köln gezogen, wo sie heute allein lebt.

Herr Hellas weiß nun, dass eine eindeutige Datierung der Tragödie „Octavia" letztlich auf Grund der schlechten Quellenlage nicht mehr gefunden werden kann. Daran ändert auch seine fünfhundertseitige Habilitationsschrift nichts. Was Herr Hellas nicht weiß: Corinna hat sich in ihrer neuen Heimat nicht zurechtgefunden. Sie ist noch im selben Winter von einem Auto erfasst und tödlich verletzt worden.

Zeitfracht Medien GmbH
Ferdinand-Jühlke-Straße 7
99095 Erfurt, Deutschland
produktsicherheit@kolibri360.de